君に選ばれたい人生だった

メンヘラ大学生

角川書店

君に選ばれたい人生だった

目次

プロローグ

夢みたいだった。

そこは、幼い頃から憧《あこが》れていた場所で、同時にどこか自分とは縁がないと諦《あきら》めていた場所でもあって、眼前に広がる光景は、やっぱり何度見ても夢みたいに思えた。

花に彩られた道をゆっくりと歩く。しんと静まり返った白い空間を、大切な人たちに囲まれながら踏み締める。歩いたその先では、愛《いと》しい人が笑みを浮かべて待ってくれている。

人生は選ばれないことばかりだと思っていた。

好きになった人に既に恋人がいる。運良く付き合えても、その人がずっと自分を見てくれるとは限らない。第一志望の企業には大抵入れない。第一志望群、なんて都合のいい言葉で自分を慰める。本当にやりたかった事に蓋《ふた》をして、目の前のタスクに没頭する。

たしかにそれは事実だと思う。でもきっと、人生は選ばれないことばかりじゃない。

いつか自分を選んでくれる人も、必ず現れる。

受付を頼んだ二人が、式場に入ってくるのが見えた。今すぐにでも駆け寄りたいような、ありがたい気持ちで胸がいっぱいになる。私は、たくさんの人に助けられて今ここにいるんだと思う。

着慣れない透き通るような白のドレスは、ちゃんと似合っているだろうか。様子を窺《うかが》うように目の前の人を見つめると、静かに、いつも通りの笑顔で頷《うなず》き返してくれた。

今日、私はこの人と結婚する。

ああ、もう。

一目惚《ひとめぼ》れだった。高校生にもなって、好きなタイプが更新された瞬間だった。時間が止まる感覚っていうのは、こういうことを指すのかと他人事《ひとごと》みたいに思った。こんなかっこいい人、学校にいるの？　それとも、あたしが今までちゃんと見ていなかっただけ？　目にした瞬間は、まるでスロー映像を見ているみたいに時間がゆっくりになった。スタバのカウンター席で気怠《けだる》そうに座っていたその人は、背が高くて、女のあたしが羨《うらや》ましくなるくらいまつ毛が長くて、いま話題の韓流アイドルみたいに切れ長二重の目がバランスよく配置されていた。

【今日やっぱ、有咲《ありさ》変じゃね？】

スマホの向こう側から、ふわりと誠《まこと》の声が聞こえた。

「変って何が？　別にいつも通りだけど」

【いつにも増して上の空じゃん。なんなら、今日一緒にスタバの前歩いてたときから。もしかして、また一目惚れでもした？】

からかうような口調にむっとしながら、怒っていても仕方ないとあたしは素直に告げる。

「一目惚れっていうか、まあ、気になるというか」

一瞬、誠が息を呑《の》んだのが電話越しに伝わった。

【いや、ほんとに一目惚れしてんのかい！】

「うるさいな、別にいいでしょ」

【ほんと分かりやすいな。たぶん、今日スタバの窓際に座ってた人でしょ？　あれ、俺の部活の先輩】

「え？」

いきなり降ってきた情報に、変な声が出る。

【唯人《ゆいと》先輩。二個上でもう引退しちゃったからそんな関わりある訳じゃないけど、かっこいいからやっぱ人気あるし、有咲が惚れる気持ちも分からんでもない】

見透かしたような声が聞こえたけれど、無視して探りを入れてみる。

「誠、じゃなくて誠さま。唯人さんのこと色々教えろ、教えてください」

【言葉遣い終わってんだろ。先輩なー、とりあえずめちゃくちゃモテるとは聞くよ。時々ファンっぽい人、試合観に来たりするし。推しみたいな感じ？　でもって、たしか今は彼女いないって言ってた】

誠は、ライバルが多いことに変わりはないけどねーと言葉を続けた。予想外の情報を手に入れて、やっぱり持つべきものは情報通の幼なじみなのかもしれない、と思う。

今日、スタバで見かけた男の人。同じ制服を身にまとって、腕捲《うでまく》りをして机に向かっていた姿がずっと頭から離れないでいた。

「いやいやいや、彼女がいないって分かっただけでも収穫、ほんとに助かる。誠のこと、幼なじみから大親友に格上げしとくから」

【都合いいよなーほんと】

変に茶化してしまったけれど、親友だと思っているのはほんとのことだ。誠とは家が近いのもあって、小学校からの幼なじみだった。家だけじゃなく学力も近かったあたしたちは、高校生になった今も同じ制服を着て、登下校中もよくその背中を見かけ合う。昔から、誠はあたしの少ない人間関係の中の大切な一人だった。いつだって電話をかければ、まるで待機していたかのような速さで出てくれる。照れくさいから口には出さないけれど、都合いいだなんてこれっぽっちも思ったことはない。

「先輩彼女いないのか、そっかー。やば、もう既に明日学校行くの楽しみになってきた。片想いって、なんかテンション上がらない？」

誤魔化すように同調を求めると、

【分からんでもないけど。ま、叶《かな》わない片想いは地獄だけどな？】とイタズラっぽく笑う。

コイツほんとやなこと言うな。口が悪いところだけは、たまにキズだ。

誠から先輩の情報を仕入れ終えて、そのままベランダで黄昏《たそが》れる。夜の街には数え切れないほどの光の粒が散らばって、この中に先輩がいるかもしれない、なんて想像してみると、誰と会話している訳でも無いのに一人で楽しくなってきてしまう。

冷えた風が頬にあたって気持ちがいい。冷たさの中に、どこか優しさを含んでいる気がする。四季の中でも、やっぱり秋が一番過ごしやすくてダントツで好きだ。だけど夏と冬に挟まれて、すぐにいなくなってしまうところだけは好きになれない。

見慣れた風景を眺めながら先輩の情報を頭の中で整理する。田中《たなか》唯人。まず、名前が良い。韻というか、語呂《ごろ》というか、とにかくなんか良い。顔もすごくタイプだ。モテるはずなのに、それを鼻にかけてなさそうな所もいい。部活は誠と同じハンドボール部。歳は二つ上。クラスはたしか、三年五組。まだ知らない事ばかりだけど、それすらも日々の楽しみに変換できる。

次誠に会ったら、ハンドボールのルールだけはちゃんと聞いておこうと思う。学校の授業で軽く触れたことしかないけれど、いつか先輩と話せるようになったときの話の種になるはずだ。

今までは、学校なんて行くのも面倒くさいと思っていた。毎朝六時に起きるのは辛《つら》いし、学校で楽しい何かが待っているわけでもないし。どう過ごすかよりも、どうやり過ごすかがあたしにとっての最重要項目だった。

それが、モチベーションの源に新しく先輩の存在が追加されただけで、明日の学校が楽しみで仕方ない。先輩の顔を拝めるなら、土日だって学校に通えてしまう気がする。

あぁ、もう。

単純だなー、と誠の呆《あき》れ声が聞こえた気がして、全力で振り払う。

　考え事をしている間に足の指先が少し冷えていた。指先をグーパーさせるように力を込めてみても、思うように動いてくれない。クロックスを脱いで部屋に戻り、かじかんだ指先を手のひらで包んでいると、外の肌寒さと暖房の効いた部屋とのギャップがちょうどよくて、ぼうっと眠気がさしてくる。

　布団に潜り込んでも、なかなか寝付けなそうだった。落ち着かない頭の中で、明日はどんな口実で先輩がいる校舎へ行こうかと思いを巡らす。

　そうだ、三階の購買までいちご牛乳を買いに行くついでに、先輩のクラスの前をゆっくり歩いてみようか。少しでも先輩の顔を眺められたら、その記憶だけで一週間は生きていける。

　行き場を無くした妄想が膨れ上がっていって、次第に夢との境目が分からなくなってくる。柔らかな布団の重みが身体の隅々にまで同化していって、意識がなくなっていく間際、面倒だけど、明日は早起きしてシャワーを浴びようって思った。

○

　教室の窓の隙間から入ってくる陽射しはほんのりと暖かい。ガラス越しに見える紅葉色の夕焼けはいつも眺めているものと同じとは思えないほど綺《き》麗《れい》で、時間も忘れて見《み》惚《と》れてしまう。時折聞こえてくる運動部のかけ声が耳元で弾んで、何故か心が落ち着いてくる気さえする。

窓際の一番後ろの席で、用もないのにひたすら赤紫色のアプリを開いては、フォロワー欄に【唯人】と名前が表示されているのを確認する。気を抜くと頰がだらしなく緩んでしまいそうで、眉間《みけん》をぐっと引き締める。

画面の下へと続いている投稿を、一通り人差し指の先で撫《な》でていく。いいねを押し間違えないように気を配りながら、画像を拡大したり、写っている友人らしき人を眺めたり、さっきからそんなことを意味もなく繰り返していた。

……あ、あいつもいるじゃん。ユニフォーム姿が並んだ集合写真の左端の隅で控えめにピースする誠を見つけて、あたしは心の中でありがとうと呟《つぶや》く。

「唯人さんに言っといたよ」

今日の朝、生活指導に引っかかる時間ギリギリに教室に着いたあたしに誠はいきなり駆け寄ってきた。

「急になに？　なんの話してんの？」

「だからー。唯人さんと仲良くしたいって子がいますよって話したら、インスタ気軽にフォローしてよって言ってたから。本人のお墨付き。安心してフォローしな」

その報《しら》せはあまりにも急で、まだ脳みそが寝ているあたしは誠の吐いた言葉をうまく咀嚼《そしゃく》できずにニヤつく誠の顔を二度見する。

「……待って、急展開すぎて話についていけない。それって、あたしの名前出したってこと？」

「いや、名前は出してない。俺の友達がー、とだけしか」

なんの問題もない、というふうに顔色ひとつ変えずに言う。

「いやいやいや、名前出してなくても、そんな言い方したら先輩にあたしの気持ちバレバレじゃん。逆にフォローしづらいって」

「あのさー、そんなん言ってたらまた有咲は遠くから眺めたままでしょ。いつまでその感じでいんの？　あとで先輩のアカウント名ラインしとくから、覚悟きめてフォローしなよ」

余計なお世話だ！　……そう言おうとしたところで見計らったようにチャイムが鳴って、誠は教卓前の自分の席に戻っていった。担任が入ってきて、流れ作業のように点呼を取っていく。

覚悟。心の中を見透かされたようで、正直何も言い返せなかった。誠に言わせれば、あたしにはその二文字が圧倒的に足りていないらしい。

今までも気になる人ができたことはあった。だけど、その度にあたしは陰から眺めているだけで満足して、相手から認知されることもなく、誰かの彼氏になったことを風の便りで知り、人知れず失恋していた。一部始終を聞いてもらおうと泣きながら誠に電話をかけると、いつも面倒そうな声色をさせながらも、なんだかんだで「絶対また良《い》い奴見つかるから」と慰めてくれた。

一切学ぶことなくそんなやり取りを繰り返して生きてきたけれど、全く成長の見えない現状も、いよいよ向き合わなければいけないのかもしれない。

昼休み、クラス中の雑音を聞き流しながら、誠から送られてきていたアカウントのIDを虫眼鏡マークの真横に打ち込んだ。yuito_0208_tanaka。待って、0208ってことは。カレンダーアプリを開いて二月八日の欄に薄ピンクのあざといフォントで【先輩の誕生日】と入れると、空欄ばかりだったカレンダーがほんの少しだけ華やぐ。よし、先輩の情報またゲット。

そうして、あたしは【フォローする】という行為から目を逸《そ》らし続けていた。

だって、先輩のアカウントをフォローしてしまえば、先輩はまず間違いなく好意に気付く。それって、かなり怖い。遠回しにでも他人に感情を伝えるということは、同時に拒否されるかもしれない可能性を孕《はら》むということで、それはまさにあたしが避け続けていたものだった。ひび割れた液晶にちょうど重なる【フォローする】のアイコンは、いつもよりずっと小さく目に映る。

覚悟きめてフォローしなよ。

あぁ、もう。

悩んでいると、いつだって誠の声が頭の中で反芻《はんすう》される。たぶん誠は、あたしよりもあたしのことを分かっている。

安全な場所から眺めているだけじゃ、きっと世界は動いていかない。先輩への気持ちをぎゅっと指先に詰め込んで、その文字に触れた。

フォロワー欄の一番上に先輩がいる。当たり前のことだけど、先輩のフォロワー欄の一番上にもあたしがいる。大袈裟《おおげさ》かもしれないけど、指先で世界はたしかに動いた。

窓を開けると、勢いよく飛び込んできた秋の風に前髪が攫《さら》われそうになった。嘘みたいに綺麗な夕焼けも、先輩の名前を表示させているスマホの画面も、遠くから聞こえる野球部のかけ声も、夢みたいに思えるけれど、この瞬間は紛れもなく現実だ。

【下校時刻になりました。残っている生徒は速やかに帰ってください】

ふと校内放送に急《せ》かされて、咄嗟《とっさ》にスマホを腰のポッケに突っ込む。黒板の横の壁に押し込まれた時計は六時を示していて、慌てて手提げバッグを手にとった。肩にかけたバッグは心なしかいつもよりも軽い。

ブブ。ポッケの中からスマホが呼んで、取り出して薄目で見てみると、液晶には、誰かからのメッセージが表示されていた。

【誠から話聞いたよ、フォローありがとね！】

滑り落ちそうになったスマホを手のひらでなんとか受け止めて、画面を何度も確認する。そこに、【唯人】の二文字がある。見知ったＩＤがある。心臓がどくどくと脈を打ち始めて、視界が静かに揺れる。先輩からのＤＭを開かずに、なんて返信しようか考えを巡らせる。

あと少しの間だけでいいから、この画面のままにしておきたい。

○

今までの人生が昭和のモノクロ映画だとしたら、先輩とメッセージをやり取りをするようになってからの人生は令和の青春映画だ。そう感傷に浸ってしまえるくらい、日常は急激に色を付けた。好きな人に認識してもらえて連絡を取り合えることが、こんなにも心躍るだなんて想像もしていなかった。

誠に聞くまでもなく、先輩がどんなものが好きで、どんなものに囲まれて生きているのかをインスタやラインでのやり取りから探った。最近は、そこで知ることができた先輩の生活をなぞるようにして生きている。

アラームの音で目を覚ますと、スマホの画面には友達からのメッセージが二、三通表示されている。その中に、先輩からのラインは見当たらない。先輩は朝が弱いらしく、あたしが夜中に送ったメッセージは朝見ても大抵既読は付いていない。

へこたれずに、熱めのシャワーで寝ぼけた脳みそを無理やり起こす。今まで早起きするのが億劫《おっくう》でしてこなかったけれど、朝にシャワーを浴びるのは意外と気持ちがいいことに気付いた。さっきまで見ていたはずのうろ覚えの夢だとか、寝起き頭の隅に残ったモヤだとかを溶かしてくれる気がする。

　シャワーを浴びた後は、タオルで髪の水分を丁寧に拭《ふ》き取りながら、洗面台の前で先輩が好きなロックバンドの音楽を流す。ボーカルの透き通った高音が特徴の、今流行《はや》りつつあるらしいバンド。先輩のラインミュージックに設定されているのを目にしてから、あたしは血眼になってユーチューブでそのミュージックビデオを探し出した。

　前奏のメロディに思わず身体が揺れる。先輩と同じ曲を聴いているという事実だけで、朝からじわじわと元気が湧いてくる。たぶん、あたしだけで百回は再生数に貢献していると思うし、サビならもう余裕で口ずさめる自信すらある。

　適当にインスタをスクロールしていると、先輩がいいねしていた清楚《せいそ》派女優の写真が流れてきて、髪を乾かしていた手櫛《てぐし》にぐっと力が入る。きっと、先輩の好みなんだと思う。写真に写る女優の艶《つや》やかな髪の毛は、腰の横辺りまで綺麗に伸びていた。

　ボブくらいの長さを保っていた、あたしの髪の目標値が定まる。最低でも胸元までは伸ばすんだ、絶対に。

　恋をするってものすごく怖いことだと最近思う。今まで自分のために使っていた時間が好きな人のために消費されていって、好きな人のためなら躊躇《ためら》いなく自分自身さえも変えようとして、しかもそれが意外と悪くないって思えてしまう感覚。洗面台の鏡に映るあたしは、先輩と学校ですれ違うことを考えただけでニヤけてしまっている。

今の今まで、自分のことを冷静な人間だと思い込んでいた。恋に落ちて分かりやすく自分を見失ったり、情緒が乱れていったりする人たちと、あたしは違うと思っていた。でもそれはたぶん、今まで自分を傍観者だと決め込んでいたからだった。

好きな人を遠くから眺めていた頃は、顔を見られるだけで満ち足りていた。それはきっと、アイドルを推すときの感情に似ていた。心のどこかでその人たちは別次元の人なんだと認識して、交わらない人として一線を引いていた。

なのに、当事者になった途端、好きな人とラインのやり取りまでしているというのに、それだけじゃ物足りなくなっている。ひびの入った花瓶に水を注ぎ続けるように、満たされない。先輩の声が聞きたい。直接会って、先輩の好きなバンドの話をしてみたい。一番近いところで、その綺麗な横顔を眺めたい。

際限ないわがままが胸の内を満たして、自己嫌悪に陥る。あたしってこんなに欲張りな人間だったっけ？

「有咲、時間大丈夫なの？」

お母さんの声が引き戸を挟んだ向こう側から聞こえて我に返った。こうやって先輩のことを考えていると、時間は一瞬で溶ける。

八時二十分には校門に入っていないと、数学教師で生活指導のハゲ山《やま》に怒られる。ハゲ山は、いつでも他の生徒の前で晒《さら》すようにして怒る。くわえて、遅刻した生徒を授業中でもお構いなく名指ししてくるから、そのターゲットにされるのだけはどうにか避けなきゃいけない。

髪型と眉毛《まゆげ》がおかしくないか、玄関前の鏡で確かめる。急いでドアノブを押すと隙間から冷えた空気が潜り込んできて、露出させた肌を容赦なく襲う。

ほんの少しの期待を込めてちらとスマホの画面を覗《のぞ》く。どんなに朝に弱い人でも流石に起きていそうな時間なのに先輩専用の通知は届いていなくて、先輩からのメッセージにだけ鳴るバンドの歌は流れてくる気配すらない。諦《あきら》めて、スマホをマナーモードに設定した。

——先輩からのラインが届くか。それだけのことで朝のモチベーションは容易に左右される。肩に食い込むバッグの持ち手がやけに重い。重いのはバッグなのかあたしなのかも分からない。

日に日に自分の中で先輩の存在が大きくなっているのを感じる。幸せだと思えるハードルがぐんぐんと上がっていて、このままじゃだめだと唇を噛《か》むと、血の味が口の中で広がった。久しぶりに巻いたマフラーからは、ふわっとクローゼットの匂いが香っている。

○

早歩きで学校へ向かっていると、見慣れた猫背姿が目に留まった。

「誠ーおはよ！」

「……おはよ。朝からテンション高くね？　一日もつ？」

「高くしないとやってられないの。先輩から昨日ライン返ってこなくて」

「朝早くから惚気《のろけ》るなって。お腹いっぱい」

「そんなんじゃないから。それより誠がこんな遅い時間に歩いてんの珍しくない？　さては夜更かし？」

「そりゃ、昨日も夜遅くに誰かさんから電話きて、恋愛相談に乗ってましたからね。普通に寝坊したっつーの」

　誠のわざとらしい口調に思わず笑ってしまう。

「いや、いつも夜中まで電話ありがとね？　誠のお陰で先輩と連絡取り合えるようになったし、そこはほんとに感謝してる」

「まあ、いいけどさ」

　誠は興味がないというふうに、眠そうな顔を隠そうともせず大きくあくびをした。あたしも気を遣うことなく言葉を続ける。

「朝から申し訳ないんだけど一個相談いい？　そろそろ先輩と電話してみたいんだけど、もし誠だったら自分からかける？　いきなりかけたら迷惑だって思われない？　その辺、男の人ってどうなのか教えてよ」


あぁ、もう。

誠は顎《あご》に手を当てて、左上の方をぼうっと見上げた。つられて見上げると、重たそうな雲がつらなって空に浮かんでいる。

「皆が皆そうかは分からんけど。好きな人から電話きたら迷惑だなんて少しも思わないし、誰だって迷わず出ちゃうと思うよ」

それは、そうだ。もし先輩から電話がきたら、あたしは光にも負けない速さで通話ボタンに触れてしまうと思う。でも、もし自分からかけたとして、先輩が電話に出てくれなかったら一生立ち直れない。

誠はいつもと変わらず気だるそうに背中を丸めている。少し投げやりにも思える空気感も、飛んでくる的確なアドバイスも、全部含めて居心地が良い。またちょっとした悩みが浮かべば、頼ってしまうんだろうな、と思う。

この、あたしばかりが相談するという構図は、昔から変わらない。そのせいか、誠が誰を好きになった、みたいな話は聞いたことがなかった。好きになられた、というのは時々噂で耳にする。誠も顔はかなり整っている部類に入るし、好きになる女の子の気持ちも分からなくはない。わざわざ口に出していないだけで、裏では色々あったりするんだろう。

いつかあたしも、誠から恋愛相談をされる日がくるんだろうか。その仏頂面を紅《あか》く染める姿を想像したらなんだかおかしくて、それをいじる日が待ち遠しい気もした。

「なにニヤついてんの？　間に合わないと、またハゲ山に怒られるよ」

「別にニヤついてないし。ハゲ山に怒られるのだけは勘弁、ちょっと校門まで走ろ！」

地面を蹴《け》ると、足の裏に硬いアスファルトの反動が伝わった。段々と息が切れてきて、乾いた空気が喉《のど》を行ったり来たりする。肌を撫でる空気は冷たいのに、背中にはうっすらと汗が滲《にじ》む。

「大丈夫？」

振り返った誠の仏頂面の中に、ほんの一筋、あたしへの気遣いが浮かんだ、ような気がした。

もしもあたしと先輩が付き合うことができたら、誠との関係も変わっていくんだろうか。誠に恋人ができたら、こんなふうに朝偶然居合わせて並んで登校することも、気軽にはできなくなるんだろうか。背中を眺めているとそれはそれで少し寂しいような気もして、自分でもよく分からない感情を振り払うように大きな背中を追いかけた。

○

先輩に会いたい。

その一心で、今日の昼休みも友人をつれて長い渡り廊下を踏みしめる。わざわざ購買のある校舎まで通っていちご牛乳を買い続けてもう八日目になるけれど、一目惚れして以来、学校では未《いま》だにすれ違うことができずにいた。

最近は、何をしていても先輩のことを考えてしまう。グラウンドから声が聞こえれば、窓際の席から先輩のジャージ姿を探した。全校集会があれば、精一杯背伸びをして、広い体育館の中で先輩の影を探した。そこまで脳内を支配されていたのに、姿を目にすることはなかなかできなかった。

何でも無い顔をして、今日だけで二本目にもなるいちご牛乳を買う。桃色の飲み口にストローを当てながら、廊下をゆっくり歩く。友達が今日はあと何回行くのー？　と聞いてきて、あたしは心の中で先輩と会えるまで！　と答えた。もう半分は意地だった。

今回も駄目かもしれない。そう諦めかけたところで、十メートル先の曲がり角がぱっと輝いた。物理的にじゃなくて、感覚的に、輝いた。それは、たしかにスタバで見かけたあの人だった。

どうにかして気付かれたい、と思った。でも、気付かれてもどんな顔をすればいいか分からないから、やっぱり気付かれなくていい。でも、やっぱり気付かれたい。先輩の顔を拝むために離れた校舎を三往復もしたくせに、いざというときに怖気付《おじけづ》いてしまう。

いつもこうだ。あたしは変なところで積極的なくせに、変なところで臆病《おくびょう》なのだ。購買までは何度だって通えるくせに、三年五組の教室まで行くのは怖い。好きな人を遠くから眺めていた頃の癖が、大事な場面になると自分の首を絞める。

先輩は数人の男友達に囲まれて、談笑していた。友達らしき人が何かを口にして、先輩が笑う。先輩の目尻《めじり》は線みたいに細くなる。ふと、心臓が押しつぶされそうな感覚に陥る。もっと近くで先輩の顔を眺めてみたい、と思う。

先輩と向かい合って、お互いに歩みを止めない。一歩進むだけで、距離は一気に縮まる。もう目線を逸らさないと決心する。一方的に見ているだけじゃなくて、あたしの存在を先輩にも知ってほしい。あたしだけ眺めているのは、もう嫌だ。

すると想いが直接届いたかのように、先輩の視線は友達からゆっくりとあたしの方へ移動して、そして完全に、焦点が合った。あれだけ願っていた瞬間が、ようやく訪れた。

永遠にも思える時間が流れた。きっと現実では一秒に満たない長さだったけど、あたしたちはお互いの存在をたしかに認識した。

嬉《うれ》しいことはそれだけでは終わらなかった。先輩はネクタイの結び目辺りに左の手のひらを持ってきたかと思うと、あたしだけに分かるくらいに小さくひらひらと振った。先輩の穏やかな視線は、間違いなくあたしを捉《とら》えていた。

花瓶から水が溢《あふ》れた。一日における幸せの許容範囲を、完全に超えていた。


……許容範囲を超えているはずだった。

その夢のような時間はまだ終わっていなくて、何故か今、あたしは家のベランダで先輩と電話している。起こること全てが初めて尽《ず》くめで、心臓が嬉しい悲鳴を上げ続けている。

いつもなら一時間は返ってこない先輩からのラインの返事が、今日はリズムを刻むように早く返ってきていた。いつも付かなくてやきもきさせられる既読の二文字が、拍子抜けするくらいすぐに付いた。

　何かがいつもと違う。そんな嬉しい違和感が連続した後、

「声聞きたいんだけど、よかったらいま電話しない？」

　先輩はそう言って、違和感を確かな形に変えてくれた。


【誠がね、有咲ちゃんのことほんといいやつなんです——、っていつも力説してくれるんだよ】

「ほ、ほんとですか」

【ほんとほんと。二人は幼なじみなんだっけ？】

「そうなんですよ。小学校からの腐れ縁ってやつで」

　誠はあたしのことをかなり印象良く紹介してくれたみたいで、ベランダの柵《さく》から乗り出して、誠の家のある方へ頭を垂れる。持つべきは、本人のいない所で褒めてくれる幼なじみだ。

【ラインはずっとしてたけどずっと会えなかったもんね。一瞬誰かなって思ったんだけど、すぐ有咲ちゃんだ！　って気付けた】

　改めて言われて、今日の奇跡のような光景が瞼《まぶた》の裏で鮮明に思い出される。

「会ったことないのに、どうして分かったんですか？」

【えー、インスタとかでなんとなく顔写真見たことあるし、あと今日俺のことじっと見てたじゃん。もしかしたらそうかなーって】

「そんなあたし見てましたっけ?!　めっちゃ恥ずかしいんですけど……」

【見てた見てた。視線刺さってたもん】

先輩は面白いものでも見つけたみたいにけらけらと笑った。

耳に触れる先輩の声は、想像していたよりも低くて、細くて、人の集まる場所では掻《か》き消されてしまいそうな危うさがあった。耳を澄まさないと、すぐ消えていってしまいそうな声。

【これからも学校で見かけたらさ、今日みたいに手振ってもいいかな?】

「ぜひ！　あたしも手振り返しますから」

【おっけー。なんか、俺たちだけが分かるサインって感じで、わくわくすんね】

魅力的な提案の後に、遅れて先輩の笑い声が届く。あれだけ心待ちにしていた先輩の声が、当たり前のように耳を捉える。先輩の笑い方は、豪快に笑うというよりは、どこか引き笑いに近かった。ちょっとダサいけれど、そこがたまらなくかわいいと思えてしまう。

自分だけが知っている先輩のダサいところ。大事に胸の中にしまってから、けっして夢中になりすぎてなんかいないと自分に言い聞かせる。

あぁ、もう。

あたしたちは、真夜中の通話でありふれた話を共有した。先輩が学校に遅刻して、校門前でハゲ山に怒られた話。やたらと厳しい頭髪検査を突破しやすくするための裏技。学校から駅までの帰り道に、野良猫に会えるとっておきのスポットがある話。先輩がラインミュージックにも設定している、ロックバンドの話。

先輩が、好きなバンドのことを話すときだけ饒舌《じょうぜつ》になるところが好きだ、と思った。好きな曲を一通り挙げてから息継ぎをして、その理由をまた一気に語り出す。最近のありがちな邦ロックとは違うんだよ。なんていうのかな、歌詞に込められた意味が聞けば聞くほど変わっていく感覚、みたいな。スマホのスピーカーは、先輩の息遣いをひとつ残らず拾う。いつも穏やかそうな先輩が、子供みたいにはしゃぐ。先輩をいとも簡単に少年時代に戻してしまうロックバンドに、ライバルでもなんでもないのに、ほんの少しだけ妬《や》けてしまった。

気付けば通話は一時間半を超えていて、奇跡のような時間にも終わりが訪れる。かじかんだ足の指先の感覚が鈍い。吐く息はいつの間にか白くなっていて、やっぱり秋はすぐいなくなるから嫌だな、と思う。

【俺、これからもう少しだけ勉強するから切るね。声聞けてよかった、今日はありがとう】

その言葉を最後に、先輩の声が遠くなっていくような感覚があった。このまま切ったら、もうこれ以上先輩と仲良くなれない、そんな予感がした。

先輩に初めて認識してもらえた。手を振ってもらえて、電話までかけてくれた。今日という日をこのまま終わらせちゃいけない。眺めるだけで満足していた自分を変えるなら、きっと今しかない。

　冷えた空気を打ち破るように、声を震わせる。

「先輩。今度、もしよかったらですけど。どこか、一緒にお出かけしたいです」

　勢いで口にしてから、すぐに後悔が脳みそに追い付いてくる。一回電話したくらいでお出かけなんて、誰がどう考えても距離感がバグってる。

　今の無かったことにしてください！　そう言おうとしたら、先輩の声が先に聞こえた。

【……ごめん。受験控えてるから、流石に遊ぶのはキツいかも】

　吐息を挟んで、更に言葉が続く。

【遊ぶのは時期的に厳しいけど、最近放課後は駅前で勉強して帰るようにしてるから。よかったら、一緒に勉強する？】

　先輩は、好きなロックバンドを語るときみたいに早口で言った。

　あたしは、スタバの前を通った日を噛み締めるように思い出す。あの日眺めるだけで精一杯だった景色は、ゆっくりだけど、たしかに変わろうとしている。

○

　先輩と初めて電話をした日から一週間が経っていた。あれから先輩は『勉強できる日ありそうだったら連絡するねー』と言っていたけれど、その言葉が飛んでくる気配は全くと言っていいほど感じられずにいた。もしかしたらあの提案自体がていのいい断り文句だったのかと、正直なところ疑ってしまっていた。

『今日駅前のスタバで勉強してくから。有咲ちゃんも時間あったら好きなタイミングで来て。奥の窓際の席ね』

　先輩専用のラインの通知音で、午後一番の眠気はぱっと吹き飛んだ。タイミングを見計らったように届いた誘いは、購買で買う紙パックのカフェオレなんかよりもずっと覚《かく》醒《せい》効果がある気がする。

『分かりました！　一緒に勉強できるの楽しみにしてます！』

　あたしの指先は無意識に液晶を撫でていて、先輩のメッセージが届いてから返信するまでに一分も経っていなかったことに気付く。即レスしてしまったトーク画面を誤魔化すために、去年誠がくれた猫のスタンプを追加で送る。動く猫のスタンプは、不思議な踊りを繰り返しながらあたしのことを見ている。

　大袈裟かもしれないけど、先輩とのラインのやり取りは戦いに近い。

　まず、先輩からのラインを受け取る。メッセージが来たことにひとしきりニヤついてから、先輩をなんとか焦《じ》らそうと返信を溜《た》めてみる。そう意識してみても我慢できるのは三十分が限界で、あたしの指先はあえなくトーク画面に触れる。一度返信してしまえば容赦なく攻守交替で、また先輩からのラインを待つターンを迎える。せっかく着せ替えしたトーク画面の背景を、あたしの文章ばかりがいつも寂しそうに埋める。

攻守の時間があまりにも偏りすぎて、全くフェアじゃない。ズルい。そう思うけど、この試合を始めたのも、この試合を終わらせたくないのも、あたしだ。

たまには先輩を慌てさせてみたいと思う。あたしからのラインが来なくて、あいつどうしたんだろ？　俺なにかしたかな？　って、頭の中の隅の隅だけでいいから気になって欲しいと思う。

でもきっと、先輩はそんなことは全く気にしない。あたしが返信しなければ先輩は追ってラインを送ってくることなく、そのままフェードアウトするんだろう。

「おーい、チャイム鳴ったぞお」

野太い声とともにガラガラと大袈裟にドアを開ける音が響く。うわ、次の授業ハゲ山だったっけ？　慌ててスマホを机の中にしまって、代わりに数学の教科書とシャーペンを机の上に放る。教科書は半年近く使っているはずなのに新品みたいに真っ白で、自分でも笑えてきてしまう。

ハゲ山はいつも口癖のように、教科書にクセが付いて汚くなるくらいにやり込めと言う。そのくらい使い込めば、どんなに苦手な人でも理解できるようになるから、と。この教科書も使い終わる頃には少しは黒くなるんだろうか、と不安になる。その頃のあたしは、授業に付いていけているんだろうか。進路は決まっているんだろうか。先輩との関係は、どうなっているんだろうか。

　時計をちらと眺める。長い針があと一周するのを耐えれば、先輩との勉強会が待っている。そう考えたら、あと一時間の授業なんかどうってことない。

「俺ちょっと集中するから。なんかあったら声かけてね」

　スタバで合流するなり、先輩はそう言ってだらんと伸びたイヤホンの先を耳に押し込んだ。カウンター席に座って、すでに自分の世界に入り込んでいるようにも見える。目の前には窮屈そうに何冊かの参考書が並べられていて、仕方なくその隣に腰を下ろした。

　心のどこかで、世間話でもしながら勉強を教えてもらう、なんて漫画で見かけるようなデートを期待していた自分を恥ずかしく思う。先輩は受験を控えているんだから、よくよく考えてみれば当然のことだけれど、やっぱり少しだけ寂しい。

　なんかあったら声かけてね。先輩から告げられた魅力的な言葉が、呪文《じゅもん》のように耳にこびりついていた。何もなくても声をかけたいあたしは、その呪文を唱えないようぐっと我慢する。

　メイク道具のごちゃついたバッグから、特に厚みのある本を表紙も見ずに適当に出してみた。テーブルに積まれた参考書たちの表紙はやっぱり綺麗で、真新しいままだ。そういえば、ハゲ山がテストで参考書の例題の中から出すって言ってたな。数ＩＡのテキストを乾いた指の先でぺらぺらと捲《めく》ると、指数法則、三次式の展開、因数分解、なんて堅苦しい用語たちが無意味に頭の中を流れていく。

現実から目を逸らすように横を覗き見ると、先輩は大きな体を丸めて、エネルギーを一点にぶつけるようにテーブルに向かっていた。あの日眺めていた先輩の顔が、すぐ隣にある。バンドのライブには行ったことがないけれど、これが本当の特等席というやつなのかもしれない。

先輩の横顔は、近くで見ると彫刻みたいだった。絵画ではなく、彫刻。かっこいいというよりは、整っているという表現が似合っていた。表情からはどこか冷たさが感じられて、先輩に四季を当てはめるなら、秋か冬が選ばれるんだろうなと思う。

顔をしかめて問いに悩んでいる素振りにすら目を奪われてしまう。雪みたいに真っ白な頬をつついてみたくなって、懸命にこらえる。

先輩はすらっと伸びた指先で何ページも教科書を捲った。あたしはホットのチャイティーラテを飲みながら、一応右手にシャーペンを持って、参考書に書き込む振りをして、先輩のころころ変わる表情を眺めた。あ、眉ひそめてる。問題解けなかったのかな。口角が上がってるのを抑えられてない。答えが合ってたんだろうな。

二時間半は、先輩の隣だとあっという間に溶ける。数学の参考書は、最後まで真っ白いままだった。

凍《い》てつく寒さが露出させた太ももに突き刺さって、思わず顔をしかめる。昼間はうっすらと覆ってくれていた優しい空気も、太陽がいなくなると一緒に隠れてしまう。

また今年も冷えてきたなー。誰に言うわけでもなく先輩は呟いて、ねずみ色のネックウォーマーをいそいそとリュックサックから取り出す。首元に被《かぶ》ると、首輪をつけた犬みたいに見えた。かわいい。

「有咲ちゃん、家近いんだっけ？」

「はい、ここから歩いて五分とかなので」

大体の場所を人差し指で指し示す。

「うっわ羨ましい。学校まで10分とかじゃん。そういや、誠も家近いって言ってたもんな」

「そうなんですよ。だから、誠とはよく登校中にも会ったりします」

「いいなー、すげー仲良さそうで。幼なじみみたいなのいたことないから憧れるわ」

「そんな良いものじゃないですって」

先輩が意味ありげに笑って、あたしは咄嗟に否定する。誠とそういうふうだなんて、先輩にだけは勘違いされたくない。

「そんな否定しなくても良いじゃん。あいつ俺らの代からも好かれてるし、マジで良い奴よ」

「……良い奴なのは認めますけど」

「だよなー。俺、同じポジションだったからさ、なんか余計に頑張って欲しいんだよ、誠には」

先輩は満足したように大袈裟に首を縦に振った。一方のあたしはただ焦っている。せっかく先輩と話ができるチャンスなのに、誠の話しかできていない。話そうと思ってあれほど考え悩んできた話題が、上手《うま》く頭の中でまとまらない。

「有咲ちゃんはまだ帰らなくていいの？」

「はい。勉強してきたって言えばごまかせるので、まだ全然余裕です」

「じゃあさ、俺の電車くるまで一緒に時間潰《つぶ》してよ」

駅の改札前に設置されたグレーのベンチを見付けて、並んで腰を下ろす。スタバで座ったときよりも段違いに全ての距離が近く感じられて、先輩の手のひらも、太ももも、左肩も、ふっと力を抜けば寄りかかることのできる位置にある。ゆるっとした髪の毛先までがよく見える。口元に、ちいさなホクロがある。特等席なんて言葉じゃ足りない、神席という存在がそこにあった。

見上げると、くすんだ黒のスーツを身にまとったサラリーマンたちが足早に改札に飛び込んでいって、あたしたちはそれを他人事のように眺めた。自分とは縁がないように思えて実はそう遠くないだろうその景色に、一瞬息苦しさを覚える。

「先輩って、将来の夢とかあるんですか」

「俺ー？」

先輩は首を捻《ひね》って、

「ないなー。今はとにかく勉強して、いい大学入って、ってことしか考えてないよ」

と力無げに笑う。

「ですよねえ」

先輩の言葉に頷きながら、ほっと息を吐く。

高校に入ってから将来について考えさせられる機会が格段に増えた。親、先生、周りの大人はみな口を開けば「将来のことを考えて行動しろ」と言う。だけど、あたしは未だに大人になるということの意味がよく分からない。

周りの人は、誰だってすごく大人に見えて、それぞれが遠くの何かを見据えている気がする。皆、何も考えていない、みたいな顔をしながら、自分が何をするべきなのか理解して、自分の軸を持って、将来に向けて勉強したり、何か行動を始めたりしている。

でも、大人になるって、なんなんだろう。二十歳になれば、スーツが似合えば、お酒が飲めるようになれば、どこかの企業に入れれば、自動的に大人になれるんだろうか。あたしなんて、今やっている勉強が数年後にどう繋《つな》がっていくのかさえも、うまく想像できていないのに。

「有咲ちゃんは夢とかあんの？」

「……あたしも先輩と同じです。まだよく分からないです」

だから、将来の夢、みたいな仰々しい明確なものはまだない。

「そっか、そうだよな。この歳になったら夢っていうよりも、現実っつった方が正しいもんな」

あたしと先輩の間を時間が緩やかに流れる。同じ時間を生きているようにはどうしても思えないけれど、いつかこの二つの時間軸がぴったりと重なるときが来るんだろうか。

ふと、先輩の右肩があたしに触れて、「あと二分で来るわ」と大きな身体がベンチから立ち上がった。追うように視線を上げると、電光掲示板が八王子《はちおうじ》行きの電車がまもなく着くことを知らせていた。結局、先輩と話せた時間は電車を待つ僅《わず》か十五分に満たないほどだった。

改札の前で先輩を見送る。寒いからか、先輩はネックウォーマーで口元を隠していた。

「また誘うから、連絡待ってて」

そう言って、先輩の姿は人混みに溶ける。あたしはその姿が見えなくなるまで改札の前に立ち呆《ほう》けていた。

見送るとき、先輩の後ろ姿が一瞬スーツ姿のサラリーマンと被った。歩き方も背丈も服装も、何もかもが違うはずなのに、被った。

先輩はこの冬、どこかの大学を受験する。明確な夢はないと言いながらも、自分の意思で次のステップへ進もうとしている。

先輩と触れた左肩がじんわりと熱を持っていた。先輩の肩が背負っているものは、きっとあたしとは比べ物にならないくらい重い。

先輩の近いようで遠い後ろ姿がチリチリと瞼の裏に焼き付いていて、あたしが思っているよりも先輩と過ごせる時間はもう残されていないのかもしれないと、身体が感じ取っていた。

○

　先輩からの『今日スタバいくけどどうする？』というメッセージはいつも唐突に届いた。あたしの学校では、三年の冬を迎えると六限の授業が「それぞれで自主勉強するべし」という名目で免除される。だから、六限が始まる直前の休憩時間に先輩からのメッセージが届けばその日は会える。来なかったら、その日は会えない。午後の授業中、クラスで一番あたしが一喜一憂している自信がある。

　先輩はその日の店の混み具合で勉強する場所を変えるようで、毎回のように違う店を選んだ。誘われた一回目はスタバで二回目はタリーズ、三回目はドトール。いつだって人混みの少ない場所を先輩は好んだ。カレンダーのアプリに刻まれた【先輩との勉強会】の印は、今もなおあたしのお守りになっている。

　カレンダーにまた勉強会の印を付け加えられそうだ。液晶にはちょうど二週間ぶりの先輩からのお誘いが表示されている。久しぶりの連絡に驚いて机にぶつけた小指が、赤みを帯びてじんじんと広がるように痛む。

　たった一つの通知で、あたしの日常はまた軽率に色付く。この前タリーズで勉強会をするのが決まったときも、誠に顔を一目見られただけで、「今日唯人さんと会うでしょ」と見抜かれたことがあった。誰にも悟られないよう、口角が上がってしまいそうになるのを必死に抑える。

授業に集中しようと顔をあげる。教室の窓は完全に閉め切られて、ヒーターの送り出す暖気で溢れかえっていた。昼休み直後のこの時間はどうしたって眠くなる。後ろの隅の席周辺は、少しだけかび臭い。生ぬるい風がうなじに直接当たって、ぼんやりとした眠気に襲われる。

――先輩と出会って、二ヶ月近くが経った。出会う前からしたら考えられないくらい沢山のことがあった。だけど、あたしは先輩の特別な人にはなれていないし、なろうともしていない。なる気もない。

前よりは間違いなく距離も縮まっているはずだ。校舎で先輩とすれ違えば、お互いに小さく手を振る。ラインだって、先輩からの返信頻度と速度に目を瞑《つぶ》れば、ちゃんと続いている。ときには先輩から『声聞きたくなったんだけど、電話しない？』なんて胸をときめかせるメッセージが届いたりもする。これはあたしの思い上がりなんかじゃない、と思う。

でもきっと、付き合えそうとか、そういうのではないんだって分かる。あたしが一人舞い上がっているだけで、先輩からしたら、そういうんじゃないんだ。言葉にされてないだけで、先輩はあたしとの間に一線引いている。勘違いするなよと、自分に言い聞かせる。

だって、先輩は他の女の人とも勉強会をしているから。

一回だけ、偶然を装って先輩に会うために学校帰りにスタバに寄ったことがあった。ちょっとした出来心だった。それは先輩からのお誘いがちょうど途切れていた時期で、勉強の邪魔をしたらいけないと分かっていながらも、顔を見るだけならいいじゃん、という下心にあたしは勝つことができなかった。

先輩は相変わらずスタバにいた。人がまばらな店内の、いつもの窓際の隅の席に座っていた。制服姿の女の子と、並んで座っていた。あたしじゃない、誰かと。

きっとそういうことなんだ。隣にいた人が彼女じゃなかったとしても、ただの友達だったとしても。あの特等席はけっして特別な場所ではなかった。だから、一人で盛り上がってちゃ駄目なんだ。

でも、これでよかったのかもしれないと、どこか諦めかけている自分もいる。彼女になりたいだなんて欲張らずに、それなりに仲良しで、たまに電話をかけられるようなポジション。別に、今のままで充分じゃん。ぬるま湯みたいな心地よさは、「先輩の特別な人になりたい」という決心すらもぼんやりと溶かしこんでしまった。

想いなんか伝えないで、この緩やかな幸せにずっと浸《つ》かっていられれば、それで満足だ。

○

街は季節よりも先に冬の仕様を取り入れようと、どこか慌ただしい様子でいた。駅前のクレープ屋の看板には付け足されたようにサンタクロースの絵が描かれていて、街中を行き交う人たちも、クリスマスを前にどこか浮き足立っているような気がする。あたしは違う、と言い聞かせながらいつものスタバのガラスのドアを引こうとすると、だらしなくニヤけた顔が映って、思わず目を逸らした。

先輩はいつもと変わらず、スタバの奥のカウンター席に陣取っていた。背中を丸めて机に向かう姿には強い既視感がある。

先輩の隣に腰を下ろす。切れ長の目があたしを捉えて、すぐさまイヤホンを外した。

「お、授業おつかれさま」

「先輩もおつかれさまです。聴いてるの、いつものやつですか？」

聞くと、先輩はニヤッと笑って、

「分かってんじゃん。勉強するときはこの曲リピート確定」

嬉しそうに目を細めて人差し指でイヤホンのハウジング部分を撫でる。かと思うと、すぐさま視線はくたくたになった参考書へと戻った。くすんだ紙の上を、シャーペンが何度も行き来している。横顔を見ていると、なんか、あたしも頑張れるかもしれない、と思う。バッグから参考書を出して、狭いテーブルの上に広げた。

先輩との勉強会は、相変わらずれっきとした勉強会だ。関係ない話で盛り上がったりはしないし、勉強を教えてもらったりもしない。会話もほとんど存在しない。そのお陰で、真っ白だった数ＩＡのテキストには、ほんの少しの折り目とシャーペンの黒鉛の擦れた痕《あと》が勲章のように残っている。

でも、強がりなんかじゃなく、先輩の隣にさえいられればあたしの意識は宙を舞える。二人で並んでいるのが、外からカップルみたいに見えていたらいいのに。

窓際の席からは外の駅前の様子がよく見えて、街の至るところに赤、青、緑の色がちりばめられていた。通り過ぎていく男の人は比較的厚着をしているのに、女の人は足を出したり肩を出したり、見ているこっちが冷えてきてしまいそうな格好をしている。だけど、あたしは、女の人の気持ちが痛いくらい分かってしまう。一緒に頑張ろう、恋する乙女たち。

「急だけどさ、まだ時間あったら今から猫スポット寄ってかない？」

恒例の改札前のベンチで電車を待っていると、先輩が白い息と共に言葉を吐いた。半ば反射的に首を縦に振って、意味が遅れて頭の中に届く。あたしはなんでもない顔を装いながら、その魅力的な提案に内心どきどきが止まらずにいる。

先輩の言う猫スポットは、学校と駅の間にある芝生の広場のことを指しているようだった。そこのベンチにはうちの制服を着たカップルがよく座っていて、たびたび目撃情報が学校内でも噂になっていた。

　広場に向かう道中、先輩は自然に車道側を歩く。その手慣れている感じがどうしても憎い。きっと、あたし以外にも同じことをしているんだろう。ちく、と心臓の奥が痛んだ気がして、揺れるネックウォーマーを見て、隙間から先輩のうすい唇が見えないか、そんなことを考えて気を紛らわす。

「先輩って、ほんと猫好きですよね」

「めっちゃ好きだよ？」

　先輩は食い気味に答える。自分に向けられている訳ではないその二文字を、あたしはどうしようもなく意識してしまう。今にも手を繋げそうな距離に先輩がいて、歩く度に肩と肩がくっつきそうになって、またすぐに離れる。

「あたしも、猫、好きです」

「ほんと？　運命じゃん」

　先輩が茶化して、ほんの少しだけ心にモヤが残る。あたしは、本当は犬派だ。

「先輩は猫飼ってるんですか？」

「飼ってるよ、二匹」

あぁ、もう。

先輩は自慢するみたいにピースしてみせる。

「うわ、いいなあ。でも、猫飼ってるのに野良猫触って大丈夫なんですか」

「いや、たぶん匂いでバレてるよ。触った後はシャーシャー威嚇してくるしね。でも、嫉妬《しっと》されるのがいいんだよな」

家にも猫いるのいいでしょ、と誇らしげにふふんと引き笑いする。先輩の笑い方、やっぱりダサいな。そして、そのダサいところすらも好きだと思えてしまうのは、本当に沼だ。這《は》い出せる気がしない。この人に冷めるイメージが全く湧いてこない。


十五分ほど歩いて着いた猫がいるという広場は、昼間とは違って人のいる気配すら感じられなかった。カップルの姿も見えない。広場の中央にはちゃちな滑り台が一つと、バネが前後左右に跳ねる遊具が二つぽつんと置かれていて、隅にある砂場辺りに頼りない街灯が一つ立って、全体を弱々しく照らしていた。

「猫なー、滑り台で時々寝てんのよ」

先輩はそろそろと滑り台に忍び寄った。その動きに合わせて、先輩の影が大きくなったり小さくなったりする。

「先輩、すごい不審者みたいですよ」

「確かに。猫から見たら不審者かもな」

先輩はあたしに構わず、猫探しに夢中になっている。せっかく、公園に二人きりなのに。

「いや、人間のあたしから見ても、不審です」

恨みも込めて、そう言ってやる。先輩は、「そんなん言わんでよー」とあたしの言葉の意図を何も分かっていなそうに笑った。

寒い時間はどこか暖を取れる場所に身を潜めているのか、結局猫のシルエットすらも見付けることはできずに公園を後にした。駅へ向かう道すがら先輩の背中は分かりやすく落ち込んでいて、口には出さないけれど、正直猫だけでそんなになる？　と思ってしまう。

「俺さ、挨拶《あいさつ》したかったんだ」

「挨拶？」

目を合わせずに先輩は頷いた。

「高校入ってからよくここの猫と遊んでてさ。しんどいこととか、家に帰りたくないな、なんてときに、この場所に癒《いや》されてきたのよ。猫に名前付けたりしてね」

話しながら歩く先輩の歩幅は大きくて、あたしは付いていくのがやっとだ。

「まあ俺もこう見えて受験生だから。上手《うま》くいけば来年から大学生になるんだけど」

先輩が手のひらに口を当てて、指の隙間から白い息が漏れる。

「志望校が結構遠くて。引っ越したらなかなか帰ってこれなくなるだろうから、会えるうちに会っておきたかったんだ」

あぁ、もう。

そう言って、ゆっくりあたしの方へ振り向く。車のライトに照らされて、反射で表情が見えない。

「結局会えなかったな。春になって暖かくなったら、また会いに来ようかな」

もう猫の話なんてどうでも良かった。

「……どこ行っちゃうんですか？」

聞きたくない。

「受かるか分かんないけどね。長野にある大学目指してるんだ」

気軽に会える距離じゃないって、分かる。

「先輩がいなくなるの、寂しいです」

本気で言ったつもりだった。一瞬、時が止まったような気がした。

「じゃあ、有咲ちゃんも再来年長野来てくれる？」

冗談だけどさ、と先輩は軽い調子で言葉を付け足して、口元をネックウォーマーで隠した。真意が全く読めずに先輩の顔を見つめると、ただいつもみたいに優しく目を細めていた。

どんなつもりで、長野来てだなんて言うんだろう。あたしが本気にしたら、この人は一体どうするつもりなんだろう。

最後までなんて返すのが正解なのか分からないまま、アスファルトを歩いた。長野で待ってくださいねと即答するのも、受験頑張ってくださいと応援するのも、どんな台詞《せりふ》も相応《ふさわ》しくない気がした。

　改札に着くと、先輩は学校ですれ違うときと同じように小さく手を振って、微《かす》かに笑みを残して、人混みに溶けた。

　あたしは先輩を見送りながら、ここから長野までの距離を調べる。電車を乗り継いで、三時間はかかるみたいだった。

○

　まだ起きないのー？　大晦日《おおみそか》だよー？

　お母さんの声がドア越しに聞こえてきて、思わず耳を塞《ふさ》ぐ。とっくにカーテンの隙間からは光が溢れてきているのに、まだパジャマすら着替えられていない。全身がすっぽりと布団に包まれたまま、外に出ることを拒んでいる。

　布団の中からにょきっと手だけ伸ばして、枕元にあるスマホを弄《いじ》る。一昨日《おととい》先輩へ送ったメッセージには、返信はおろか既読すら付いていない。

　先輩は本当に思わせぶりだ。

　声が聞きたいなんて電話をかけてくるくせに、ラインの返信はいつだって遅い。あたし以外の女の人とも勉強会してるくせに、長野来れば？　なんて言ってあたしの気持ちを試してくる。きっと、それすらも無意識にやってるんだろうなと思う。本当にズルい。絶妙な距離感が心から憎い。

　それでも、好きだ。これは理屈じゃない。先輩があたしの手の届かないところに行ってしまっても、この気持ちは変わらない。

　インスタを起動させる。数秒の待機時間の後、並ぶストーリーズの中に先輩のアイコンが更新されている。ラインはまだ返ってきていないのに。

　きっと、そういうことなんだ。あたしの優先順位は、そこなんだ。

　好きという気持ちが変わることはないけれど、もうこのまま、緩い関係でいいのかもしれない、と思った。暖かい布団にずっと包まれていたい。

　そう思った瞬間、スマホが手元で震える。一瞬期待したけど、流れてくるのは先輩用の通知音じゃない。

【誠】の文字がひび割れた画面に表示されていた。

【明日、てか今日の夜。初詣行くだろ？】

　用件を伝えるだけ伝えて誠は電話を切った。布団の誘惑は強かったけれど、思い切って外に出るのも、久しぶりに誠と話してみるのも、気分転換になるかもしれないと思えた。

コートを着込んだ誠が、玄関の前で無愛想に手を振る。冬休みに入ってからは一度も顔を合わせていなかったけれど、気まずさは全くない。これが幼なじみの強さなんだろう。家族ぐるみで仲の良いあたしたちは、小学生の頃から初詣《はつもうで》は一緒に行くようにしていた。

除夜の鐘が遠くから聞こえてくる。あたしたちはその音が鳴る方を目指して歩く。

「すごい久しぶりって感じしない？」

「まあ、有咲から電話がかかってくることも最近は無かったしな」

思い出すように言いながら、誠は手のひらを擦《こす》り合わせる。

「そうそれ、その話しようと思ってたんだ。実はさ、前は先輩から電話かかってきてたのに、最近全然してくれないの。もしかして無意識にしつこくしちゃったのかな」

「気にし過ぎだって、唯人さんいま受験生だし。そんな心配しなくていいだろ」

あたしが愚痴って誠が慰める。日常茶飯事だったはずのそれすらも数週間振りで、気持ちが次第に落ち着いてくるのが分かる。

「そういえば、今日朱里《あかり》さん来ないの？」

「ねーちゃん？　よく知らないけど、今日は彼氏と初詣行くって言ってた」

「そっか。一緒に行けないの、なんか寂しいな」

いつも初詣に連れていってくれた誠のお姉さん。会わない間に、きっと人間関係はどんどんと移り変わっていく。

神社が近付いてくると、人の数が目に見えて増えた。あたしは一旦《いったん》辺りを見回して、先輩の姿が見えないことに一抹の寂しさを覚えて、誠と二人きりなのが見られないことに、ほっと安堵《あんど》する。

耳を澄ますと、手のひらを合わせる音が響いた。皆神様を前にして、今年の願い事を唱える。

あたしは何を神様に願ったらいいんだろう。先輩と付き合えますように？　それとも、先輩が長野に行きませんように？

参拝客の列の後ろに二人で続く。シャンと、鈴を揺らす音が段々と近くなっていく。

「誠はなに祈る予定？」

「どうしよっかなあ」

誠はあちこちを見回したり、かと思えば足元をじっと見つめたり、忙しそうにしている。

「去年は金運祈ったから、今年は別のこと祈ろっかな」

「好きにしなよ」

少しずつだけど列が進んでいく。ゆっくりだけど確実に。

「今年こそは先輩と付き合えますように！　とかどうかな」

「声大きいよ。ってか、先輩と付き合えるかどうかは、神様に祈っても仕方ないでしょ」

「あたしはいつでも神頼みなの。そういう誠は決まったの？」

　そして、また誠は考え込む素振りを見せる。

「うーん、有咲にだけは言いたくないな」

「なにそれ、反抗期？」

　くだらない会話をしていると人の波が開けて、あたしたちの前に大きなお賽銭《さいせん》箱と古びた仰々しい鈴が現れた。

「……俺、願い事決めた」

「え、何にすんの、教えてよ」

　誠はあたしの問いに答えずに五円玉を投げる。黄銅の塊はきらきらと宙を舞って、木彫りの箱へと吸い込まれる。

「結局さ、願い事なんて神様に任せたり、目の前の現実から逃げたりするんじゃなくて、ちゃんと行動に移さなきゃ意味無いんだろうな。好きなら、付き合いたいなら、その人に直接伝えなきゃいけないんだよ」

　誠は珍しく真面目な顔をして言った。見慣れたはずの横顔が、何故かいつもより綺麗に見えた。

　大きな鈴が右へ左へと波打って、シャンシャン、と凜々《りり》しい音が鳴る。

「俺は有咲のことが、小六の頃からずっと好きだった」


あぁ、もう。

叶わない片想いは地獄だけどな。

○

先輩のことを相談したあの日、電話の向こうで誠はそう言った。誠はあたしの片想いを皮肉っていたのだと、ずっと思っていた。

でも、違った。

隣であたしが好きな人のことを話すのを聞きながら、誠はその地獄を、あたしとは比べ物にならないくらい長い間味わっていたんだ。あの日から、もしかしたらそれよりもずっと前から。

記憶が蘇《よみがえ》ってくる。

好きな人から電話きたら、誰だって迷わず出ちゃうと思うよ。

思えば、誠からあたしに電話がかかってくることは今まで一度もなかったし、先輩のことを泣きながら相談すると、面倒な素振りを見せながらも、いつも優しい言葉をかけてくれていた。

誠があたしからの電話に出なかったことは、一度たりともなかった。

鈴を揺らしながら、誠のことを思う。手を合わせてみたけれど、神様に何を祈るかなんてどうでもよくなっていた。

誠はいつも、どんな気持ちで電話に出てくれたんだろう。どれだけの苦しみを抱えながら恋に協力してくれてたんだろう。

あたしが同じ立場だとしたら。先輩が他の女子の相談をしてきたとしたら、そんなふうに笑顔でいられただろうか。自分がされたら苦しいはずなのに、なんであたしは自分への好意に鈍感でいられたんだろう。

人混みを抜けて、二人並んで歩き出す。誠の顔を見ることができない。

「俺もようやく伝えられたけど、有咲も好きだって気持ちは絶対に伝えなきゃだめだよ。好きって伝えられなかった記憶は、いつの日か、もしかしたら付き合えたかもって呪いに変わっちゃうから」

先輩とはこのままでいい。好きって伝えられなくても、このまま心地よい関係でいられるならそれでいい。そう自分に言い聞かせていた。

でも、きっと、それじゃだめなんだろう。先輩にこっぴどく振られようが、今までみたいに気軽に話せなくなろうが、自分の気持ちは伝えなきゃいけないんだ。無謀な挑戦

あぁ、もう。

だと笑われようが、言葉にしなきゃいけないことってあるんだ。

「とりあえずこれだけは言わなきゃね。あけまして、おめでとう」

誠の声がして、遅れて鐘の音が届いた。気付けば神社からはかなり離れたところまで歩いていたみたいだった。

「そうだね、あけましておめでとう」

心を覆っていたモヤが、晴れていく。

ちらと横にある顔を盗み見てみると、誠は笑っていた。今まで溜め込んできた鬱憤《うっぷん》を晴らしたみたいに、月の光をその横顔に宿していた。

それはあたしが先輩の前で作る笑顔なんかとは、比較にならないほど真っ直ぐで、眩《まぶ》しい。

「あたし、先輩に告白する」

言うと、誠は黙ってあたしの肩を優しく叩《たた》いた。有咲も頑張れよ。そう言ってくれた気がした。

○

桜が咲いていた。あんなにも寒くて早く去ってほしいと思っていた冬も、暖かくなってくると少しもの寂しいような気がしてくる。布団だって、寒い季節だからこそ価値があるんだし。結局、あたしは無い物ねだりばっかりだ。

先輩に想いを伝える、そう心に決めてから二ヶ月半が経った。先輩の受験勉強を邪魔しないようにずっと気持ちを胸のうちに秘めていたけれど、ようやくスマホに「大学合格したよ！」というメッセージが届いた。

高鳴る感情を落ち着かせながら公園に向かうと、待ち人は既に来ているようだった。砂場の隅でその大きな体を屈《かが》ませながら、小さく動く何かに声をかけている。

「先輩、何してるんですか」

「有咲ちゃん！　ほら見て。こいつが例のトラ猫」

言って、キジ柄の猫の腹を撫で続ける。トラと呼ばれる猫は先輩にお腹をだらんと晒していて、その気の許しようは野良猫と呼ぶのには違うような気もした。

今なら、言える気がする。

「先輩、あたし実は猫派じゃないんですよ」

「え、そうなの？」

「はい。猫も好きですけど、犬の方がやっぱり好きなんです」

「そうだったんだ、猫被ってたんだね。でもまあ、両方かわいいからいいんじゃない？」

先輩に、きっとあたしの緊張感は伝わっていない。そういうところがたまらなく好きだった。

「というか先輩、話あるって言ったじゃないですか。猫ばかり構ってないで聞いてくださいよ」

「お、そうだったね、ごめんごめん」

先輩は上目遣いでこちらを見上げる。

先輩の切れ長の瞳《ひとみ》をぐっと見つめ返す。あの日、誠があたしの目を見つめていたように。

あたし、先輩のことが、ずっと――

○

駅前へ向かう沿道に咲く桜の花びらが風に吹かれて舞った。そのうちの一片《ひとひら》が、はらりと髪の上に落ちてくる。

載った花びらを取ろうとして、驚く。自分でも気付かないうちに、髪が長く長く伸びていた。そっか。先輩のことを想ってここまで伸ばしていたんだ。

このまま行きつけの美容室へ向かおう、と踵《きびす》を返す。やっぱりあたしは猫より犬が好きだし、ロングよりショートボブの方が好きだ。

イヤホンからは、先輩の好きなバンドの歌が繰り返し流れてくる。

煙

松本《まつもと》駅前にある巨大な電光掲示板が機械的なフォントで【-3度】と気温を示していた。すれ違う人たちは皆慣れたように厚めのジャンパーを羽織って、肺にまで届きそうな寒さに対抗しようとする。俺もそれに倣ってマトリョーシカみたいに着込んでみたけれど、マフラーや皮手袋の隙間から冷たい風が入ってきては身体全体に回り込んだ。この街の二月の寒さは、県外から来た人間に対して全く優しくない。

　それでも、今日ばかりはこの寒さに負ける気がしなかった。どんなに気温が下がろうが、隣を歩く葉月《はづき》の存在と、十九歳の誕生日という事実が、じんわりと心を温めてくれる。

　葉月につれられてアパートの二階へ上がると、甘い匂いが鼻についた。ドアノブに銀色の鍵《かぎ》をぐいと押し込みながら、葉月は白々しく「今日は何も準備してないからね、期待しないでよ」と呟く。いやいや、もうケーキの匂いしてるんだけどな。俺は「それは残念だなあ」とだけ返して、何にも気付いてない振りを続行する。

　ガチャリ、という音と共に甘い匂いはぐんと強まった。葉月の背中を追うようにして入った１Ｋのリビングは、テーブルを囲うようにして全体がカラフルに彩られていて、シングルベッドの周りには風船がいくつか置いてあった。

「……用意周到すぎない？」

「ご不満ですか？」

「いや、最高すぎ」

葉月は一人暮らし用のスモールサイズの冷蔵庫からシャンパンを持ってきて、慣れた手つきで栓を開けた。ぽん、と夢の弾《はじ》ける音がして、二つのグラスに半透明の液体がなみなみと注がれていく。透き通ったグラスに映った俺はこれ以上ないくらい頬がゆるんでいる。


大学では、入学した年の四月の終わりには大体の人間関係が構築される。髪色だとかファッションセンスだとか、「なんかこいつとは合いそうだな」という雰囲気を感じ取った相手とくっついて、大抵はそこで決まったグループで四年間のモラトリアムを過ごすことになる。

そんな重要な時期にキャンパスで見かけたのが、一際目立った雰囲気を放つ葉月の姿だった。

ほとんどの人がいち早く群れを成そうと躍起になる中で、周囲を気にする様子もなく一人歩く彼女の佇《たたず》まいは、少し浮いているようにも見えた。大学に、いい意味で馴染《なじ》んでいないようだった。誰でもいいからとにかく知り合いを増やさなきゃ、と焦っていた俺の本心を、見透かしているようにも思えた。

彼女の容姿もまた整っていた。くせっ毛ではないけれど、美しい鳥の羽根のようにふわりとまとまりを持った黒髪。モデルのような、すらっと縦に伸びた体型。猫のようにクリクリとした目付き。髪を染めたり特別派手な何かで飾り付けたりしているわけじゃないのに、目を惹《ひ》かれる鋭い輝きがあった。その凜《りん》とした姿に、俺はあえなく惚れてしまっていた。

その後、オリエンテーションで葉月の黒髪を見かけて、奇跡的にも同じ学部だということが分かった。何度か講義が被って、会話をする機会もあった。そういう小さな奇跡が何度も積み重なって、今、テーブルの向こう側に彼女がいる。

人生のピークだと自信を持って言えた。思い返せば、甘ったるい日々が脳裏に浮かぶ。あらたまって言うのは恥ずかしいけれど、それは高校までの付き合いがお遊びに思えるくらい刺激的な毎日だった。一人暮らし同士の恋愛に門限なんて野暮なものは存在せず、俺たちは毎日のように顔を合わせて、毎日のようにどこかへ出かけて、毎日のように身体を重ねた。目を覚ませばまず朝ごはんのことを考えるのと同じように、彼女が隣にいるということは、今では俺の生活の一部になっている。

葉月との思い出の中に、今日という日がまた追加される。初めて彼女と過ごす、俺の誕生日だ。

普段なら買うことのない高めのシャンパンを飲みながら所在なくきょろきょろとして

しまう。ついさっき、葉月がベッドの下に後ろ手で何かを不自然に隠しているのが視界の端に入っていて、俺はそっちを見ないようにした。何も準備してないからねなんて全然嘘じゃん。でも、こんなわくわくしてしまう嘘なら何回だって言ってほしい、とも思う。

　葉月が俺の方へちらちらと目配《めくば》せしてくる。

「トイレ、行きたくないの？」

　あ、そういうことか。俺はわざとらしく「急に尿意きたなー」と呟いて部屋を出た。便座に腰を下ろしてから、葉月が隠してたのって、結構大きめの紙袋だったよなー、なんて思った。もしかしてTシャツかな、前欲しいって話したことあるし。あれこれ推測していると、年甲斐《としがい》もなく胸が躍る。プレゼントは、もしかしたら貰《もら》う直前が一番楽しいのかもしれない。

「ゆいとー！」といつものはつらつとした声で名前を呼ばれてはっとする。部屋に戻ると、テーブルの上でなにやら白い箱が光を帯びていた。さっき目にした紙袋とは違う何か。

「……え？　マジで？　エアポッズ？」

「大マジですよー」

　控えめなリンゴのロゴは想定外すぎて、考えていたリアクションを上手く取れない。

「さっきの紙袋、もっと大きくなかったっけ？」

「あれはフェイクだよ」

やられた。葉月は得意げに背中で何も入っていない紙袋をちらちらと見せてくる。

「返せとか言わないよね？」

「言うわけないでしょ。てか名前も入れちゃってるし」

「うわー、やばい。こんなん想定外すぎて、用意してた語彙力《ごいりょく》全部飛んだわ」

「よかったー！　いい反応してくれて、選んだ甲斐あったよ」

ただ驚くしかない俺の前で葉月はにこにこと笑う。これじゃ、傍《はた》から見たらどちらがプレゼントを貰ったのかも分からない。

ＹＵＩＴＯ。エアポッズに刻まれた俺の名前が照明の光を反射させて輝いている。持ち上げると、柔らかな肌触りが手のひらに馴染んでとても心地好い。

ちゃんと覚えていてくれたんだ。いつ言ったかは自分でも覚えていないけど、葉月は俺の言葉を丁寧に拾いあげて、この日まで取っておいてくれたんだ。

「あとね、もう一個伝えなきゃいけないことがあるんだ」

「なに、まだあんの」

葉月への感謝の言葉が頭の中で浮かんでは霧散していく。これ以上プレゼント貰っても、俺返しきれないって。口角が上がってしまうのを誤魔化すようにグラスに手をつけると、気持ちのいい炭酸が喉の奥で弾けた。

はしゃぐ俺を尻目に、葉月は声のトーンを一切変えずに告げる。

「わたし、今年留学するんだ」

○

りゅうがく。

葉月の吐いた台詞の輪郭を、俺は上手く摑《つか》み取れずにいた。

「……いきなりどういうこと？　留学してみたいとか、そういう話？」

葉月がおもむろに立って、冷蔵庫へ向かう。

「いや、それはもう決定事項。なにか大きな問題が起きない限り、八月頃から留学するのは決まってる」

あらかじめ準備していたかのような言葉をすらすらと吐きながら、冷蔵庫から取り出してきたケーキをテーブルの真ん中に置いた。取り分けるためのパレットナイフが照明に反射してテラテラと光っている。

「……そんな話、聞いてないけど」

「してなかったっけ？　でも、ずっと夢だったんだよねえ」

葉月はナイフを手に取ってケーキを切り分けていく。側面のクリームが多少剝《は》げている不格好なケーキは、たぶんケーキ屋に頼んだものじゃない。彼女の左手の薬指には、昨日には無かった絆創膏《ばんそうこう》が貼られている。

　これも俺を驚かせるための嘘なんじゃないか、と思った。俺が動揺したところを「なんてね、行くわけないじゃん」とネタばらししてくれるのかもしれない。

　ただのドッキリなんでしょ？　葉月のくりっとした瞳をじっと見つめて訴えかける。返答を待つ。

　彼女はにこりともしない。初めてキャンパスで見かけた日と変わらない凛とした目付きで、こちらを見つめ返す。

　そうか……そうか。認めたくないけど、本気なんだ。彼女は、そういう生き方が選べる人なんだ。

　何より、葉月と毎日のように時間を過ごしてきた俺自身が、彼女がそんな冗談を言うような人じゃないということは一番分かっていた。分かっていたけど、認められるわけがなかった。

「留学って、ずっと会えないってこと？」

　核心を避けた遠まわしな質問を必死に探し続ける。まずい。そうでもしないと、モヤモヤが良くない方向へ走り出そうとしているのが自分でも分かる。彼女を傷付けかねない言葉がすぐ近くにまできている。

「会えないって言えば、会えないんだけど。元々ね、海外にすごい憧れがあったの。この大学に入ったのも、留学サポートが手厚いからだし。私、翻訳関連の仕事がしたいって話したことなかったっけ？　そのために、現地でもしっかり話せるくらい英語を学びたくて。あ、でも、もちろん年に二、三回とかは帰ってくるよ？　唯人がロンドンに遊びに来てくれても良いしね。一緒に観光しようよ！」

一方的に捲《まく》し立ててから葉月は子供みたいに無邪気に笑った。会えないって言えば、会えないんだけど。会えないんだけど。会えないんだけど。

会えないって、笑顔で話すようなことだったっけ？

彼女が切り分けてくれたケーキのてっぺんには、Happy birthday YUITOとチョコペンで描かれたプレートが載っていた。今この場で、誰がハッピーなんだろう。誕生日を迎えた俺なのか、それとも、眼前で夢をいきいきと語る葉月なのか。エアポッズに刻まれた名前に、さっきまでの輝きはもうない。

なんで葉月がこんなにも楽しそうに振る舞えるのかが分からなかった。留学して、俺と長い時間離れてしまうことの、何がそんなに面白いんだろうか。

何もかもが不釣り合いな目の前の光景に、もしかしたら俺は悪夢を見ているのかもしれないと思った。悪夢であって欲しい、とも思った。夢なら今すぐ覚めてくれと願ってケーキを口に運ぶと、口の中に広がる生クリームの甘ったるさが、これは現実なんだとしつこいくらい教えてくれた。

思い返せば、葉月はやけに英語だけ入念に勉強していた、ように思う。勉強机に置いてある参考書だってＴＯＥＩＣ関連のものばかりだったし、ＴＳＵＴＡＹＡに行けば洋画ばかり借りて俺に見せてきたくらいだし。ハリー・ポッターとか。

　留学という言葉を出されて初めて、彼女との暮らしにおける点と点が繋がった感覚があった。いや、葉月は葉月なりのサインを出していたのかもしれない。

「ＴＯＥＩＣも伸び悩んでたんだけどね。ようやく条件の点数取れたんだー、これで一安心」

　葉月と付き合って、彼女のことは何でも知ることができたと思っていた。真面目そうにみえてちょっと抜けているところも、やると決めたら頑固にやり抜くところも、俺だけが分かってると思っていた。でもきっとそれは俺のエゴで、実際は俺の見たい部分だけ見ていたのかもしれなかった。

　なんで留学することを相談してくれなかったのか。俺と離れることを少しも躊躇《ちゅうちょ》しなかったのか。今まで俺と一緒にいた時間は楽しくなかったのか。

　この期に及んでも、彼女への文句が頭の中に浮かんでは煙のようにたち消えていく。

「海外行きたいとか、全然気付かなかったわ。やっぱ葉月流石だなー、応援してるから。あ、もしさ、留学してあっちで好きな人でもできたら、俺のこと好きじゃなくなったら、すぐ教えてよ。あっちは金髪のイケメンだってたくさんいるだろうし」

　ようやく発せられた彼女への応援には、自分でも最低だと思うくらいひどい強がりと卑屈と嫌味が混ざった。口にしてからしまった、と思ったけれど、言い直すのも謝るのもなんだか癪《しゃく》で、思わず彼女から目を逸らす。しんとなった室内で、葉月が息を呑んだのが分かった。目を逸らした先のカーテンの隙間から、白い何かが見えた。二月の雪が、誰にも気付かれないように静かに降っていた。

　十九の誕生日、彼女と離れるまでのカウントダウンはもう始まっていた。

○

『六月、白馬《はくば》高原で一泊二日のキャンプやります！』

四限までの空きコマの時間を学食で潰していると、バドミントンサークルのグループラインがスマホを震わせた。それは群れを成そうと躍起になっていた頃に勢いで入ったサークルで、バドミントンという皮を被った飲みサーだけど、それなりに仲良くなった奴も何人かいて、たまに顔を出すようにしていた。

　時間を空けずに、サー長がスケジュールとその詳細をつらつらと羅列する。二ヶ月前から準備しなきゃいけないなんてサー長も大変だな、と他人事のように思いながら既読を付けると、『皆来ると思うけど、一応出欠取ります！』というメッセージに『行きます～！』『飲み死ぬほど楽しみだーー』とメンバーの出席の返信が続いた。流れが途切れた頃に『今回はごめん！　パスします』とだけ返すと、すぐに友人から個人チャットで『お前キャンプ来ないのかよ』とメッセージがいくつか届いたけれど、返信する気になれない。

葉月の留学が迫っていることを知ってから、俺はサークルの集まりにも友人からの飲みの誘いにも応じなくなっていた。誰かと飲む時間があるくらいならその時間を葉月のことに費やしたいと思っていたし、もし友人の誘いに応じたとしても心から楽しめる自信がなかったからだった。友人は、俺が断る度に「しょうがねえなー、また誘うわ」と肩を叩いてくれた。実際その後も何度か誘ってくれていたけれど、俺が即答で断り続けていたからか、声をかけてくれることも無くなっている。

最近は、残された一分一秒を貪《むさぼ》るように、葉月の家に入り浸る毎日を過ごす。けたたましいアラームの音で目を覚ますと、当たり前のように葉月の寝顔が横にあった。大学まで十分くらいの下り坂を一緒に歩く日もあれば、「今日はサボっちゃわない？」という悪魔の囁《ささや》きに負けて、昼近くまで二度寝する日もあった。

基本的に自炊は葉月の担当だった。二人して近所の西友で食材を吟味して、葉月がたくさんのレパートリーの中からご飯を作って、後で俺が皿を洗う。何を作っても葉月の料理は美味《おい》しかったけれど、特に隠し味（葉月は頑《かたく》なに教えてくれなかったけれど）の入ったオムライスは何皿だって食べられるくらい絶品だった。

一週間前はちょうど二人揃って全休で、通学路沿いの河川敷に侵入して、近くの駄菓子屋で買ったシャボン玉を吹いた。はしゃいでコンクリートの段差で転んだ葉月がシャボン玉の液を盛大にスカートに零《こぼ》したから、着替えだけ持ってその格好のまま近くの銭湯へ寄った。入浴後、牛乳瓶を片手に「混浴じゃなくて残念だったねえ」といたずらっぽく笑う彼女に、「じゃあ今度の冬は混浴行こうね？」とだけ返した。葉月は何も言わなかった。

　日が落ちてからは、きまって家の近所を散歩した。夜なんて概念に縛られることのない俺たちは、Ｔシャツと短パンというラフな格好で、近所の公園のほとんどを制覇した。ここはブランコがあるから八十点、ここは遊具はないけど街灯が明るいから治安は百点、ここはちょうど桜が綺麗に見えるから花見に向いてて百二十点、だなんて、独断と偏見で評価してまわった。

　楽しいという言葉で片付けるのがもったいないくらい、好きなバンドのラブソングが俺たちのことを歌っているんじゃないかと痛い勘違いをしてしまいそうなくらい、最高な日々が続いていた。今だってこの時間が永遠に続くんじゃないか、終わる訳がないじゃないかと錯覚しそうになる。それでも、葉月の部屋にある荷物が、彼女は本当に留学してしまうんだと遠回しに俺に伝えた。

　彼女の家の玄関には何でも入ってしまいそうな大きいキャリーケースがいつの間にか置いてあって、代わって今まで部屋にあったはずの本棚も、デートの度に履いていた白いハイヒールも、日に日に片付けられていた。彼女がいなくなるその日が着実に近付いているようで、部屋を訪ねる度に焦りばかりが募っている。

　不意に、スマホから軽快な音楽が流れた。液晶には【山内《やまうち》　有咲】という懐かしい後輩の名前が表示されていて、辺りを見回してから通話ボタンを押す。

「……もしもし？」

【もしもし、先輩ですか？　お久しぶりです！】

「一年ぶりとかじゃん。どうしたの急に、なんかあった？」

【それが、先輩に報告したいことがあって】

　やけに声が跳ねている。元々こんな声だったような気もするけど。

「なに報告って。勿体《もったい》ぶらずに教えてよ」

【久々なんだしいいじゃないですか。実は、あたし彼氏できました。先輩も知ってる人です。それだけ先輩に伝えておきたくて】

「おお、マジか！　おめでたいな、それは」

【先輩にこそ伝えときたかったんですよ。それだけです、出てくれてありがとうございます。先輩もお元気で！】

「ありがと。そっちも幸せに」

　懐かしい声色が途絶えて、電話が切れたことを伝える音が耳元で繰り返される。有咲は、俺が高校を卒業するときに告白してくれた子だった。思い出すと一年も経っていないはずなのに、遥《はる》か遠い昔のようにも感じられるのが不思議だ。

　ただ勉強するだけなのに、カフェまで付いてきてくれるような子だった。犬みたいだったな、と思う。俺も別に彼女のことを意識しなかったと言えば嘘になるけれど、遠距離恋愛だけはできる気がしなくて、結局彼女の好意に応《こた》えることはしなかった。それは、一種の逃げだったのかもしれない。

あれから季節が一周《ひとめぐ》りして、有咲にも彼氏ができて、そして今度は俺が葉月との遠距離恋愛を迫られている。遠距離だけは絶対に受け入れられなかった、俺が。不意に、有咲なら海外に行くなんて言い出さないだろうな、なんてしょうもない空想が浮かんで、頭を振って打ち消した。

俺は葉月が留学する背中を眺めていることしかできないのだろうか。開放的な空間を謳《うた》う学食の窓からは日が差し込んで、向こう側にはこの世の全てを反射しそうなスカイブルーが広がっている。でも、もし留学してしまえば、向こうで彼女が見上げるのは夜空だ。全てを吸い込んでしまうような黒。

俺と葉月は同じ景色を見ることすら許されなくなる。時差、距離、人間関係、何もかもが遠く、手の届かない存在になってしまう。

色々と考えてきた。友達の中には、遠距離を乗り越えたらその後は安泰だから頑張れ、なんて慰めてくれる奴もいた。その気休めに身を委《ゆだ》ねようかとも思ったけど、無理だった。行かせたくない。葉月のいない毎日に意味なんて感じられない。俺はこれからも、朝目を覚ましたら彼女の寝顔を見ていたい。

男のくせに女々しいだとか卑怯《ひきょう》だとか、何を言われてもいい。

俺は葉月に、留学を諦めさせたい。

○

講義を受けるためのだだっ広い教室はいつも最前列と最後列から埋まる。単位を落としたことのなさそうな学生たちがまず前を占めて、隠れて内職をしたい学生は後ろの列、空いてるならその隅を狙う。こういう話をすると何のために大学に通ってるんだって言う人が一定数いるけど、その通りだと思うし、別に言い返す気もない。何のために通ってるかなんて俺たちが一番分かってないし、強いて言うなら人生最後のモラトリアムを延ばしたいから、くらいだ。

だから、どんな講義でもパッと見真ん中の席の埋まりは良くない。教授によるけれど、時折「前に詰めなさい」と指示されるのはそのせいだと思う。

友達が取ってくれた最後列の席で俺は前の方をぼうっと眺める。やたらと大きいプロジェクターと、マイクを手に歩きまわる教授。葉月とはこの講義は被っていないけれど、もし被っていたとしたら彼女は一人で一番前の列の席に座るんだろう。彼女はそういうことができる人で、俺にはそれができない。

教授の声はマイクを通してよく聞こえるけれど、中身は驚くほど頭に入ってこない。今日の教授の法学基礎概論は講義が緩いことで有名で、現に隣に座る友人はペンケースで壁を作りスマホの画面を横にしてウイイレに没頭している。

葉月に留学を諦めさせたい。

そう言いながら、俺は心のどこかでそんなの無理だろうなと諦めかけていた。全力で留学を阻止しようとすれば間違いなく振られるだろうし、下手したら一生葉月に恨まれることになる。本末転倒だ。

彼女自身から留学をやめたくなるように仕向ける方法。

最近は、暇さえあればそんなことばかり考えていて、俺は葉月の背中を努力して追いかけようとするのではなく、自分の下へ引き寄せる方法ばかりを模索していた。自分でも最低だと思うけど仕方ない、もう彼女のいない生活なんて考えられなかった。

時計の長針が一周半しても答えは出ない。教授が教壇から降りて大部屋がざわつき出したところで、ようやく講義が終わっていたことに気付く。

隣に座っていた友人に俺たちも教室出るか、と目配せすると、

「お前、今日珍しくちゃんと講義受けてたな」と、目を丸くさせて言った。


「なー、ほたる祭りってやつ興味ない??」

講義を同時に終えた葉月と学部棟の前で合流して、一言目に聞く。長い時間考え続けて俺が思い付いたのは、「二人でいる時間を心の底から楽しませて、留学に行きたくないと思わせる」という、なんとも頼りない方法だった。

蛍が羽化するタイミングに合わせて行われるその行事は、サークルの友人に言わせれ

ば「カップルで行かないのはマジで損」とのことで、信じられないくらい幻想的な景色が見られるという。祭りの存在を耳にしたとき、俺は、誰よりも今の俺たちが見るべきものだと思った。遠い街なんかに行くよりも、この街に一緒に残った方がずっと魅力的だと納得してもらえるチャンスだと思えた。

「行こっか。最後の思い出作りたいしね」

川沿いのアスファルトを踏みしめながら、なんでもないふうに葉月は答える。山に囲まれたこの街は勾配《こうばい》のある坂が多いけれど、彼女はものともせずに坂道を軽快に上っていく。

最後の思い出。何気なく言ったんだろう葉月の言葉が容赦なく心臓の核の部分に突き刺さる。そうか、これからは彼女と何をしても「最後の」って枕詞《まくらことば》が付くんだ。

もしかしたら、こうやって大学から家まで並んで帰る機会さえもう両手で数えられるほどしかないのかもしれない。気付かないうちに過ぎ去ってしまった「最後」も既にあるのかもしれない。そう思うと、沼に足を取られてしまったみたいに身体が重たくなった。彼女はそんな俺に構うことなく、まるでその先に最高の未来が待っているかのように足取り軽く進んでいく。

けっして振り返ることのない葉月の背中を眺めていると、鼻の奥からつんと湧き上がるものがあった。梅雨特有のほこりっぽい匂いのせいなのか、もう二度とその背中を見られないことを身体が感じ取ったからなのか。俺にはもう分からなかった。

○

ガタガタと、アニメみたいな擬音がその鈍行列車にはよく馴染んでいた。ゆったりとマイペースに進む車窓からは波線を描くように連なる山々が目に飛び込んできていて、ジブリのアニメで見たことのあるような景色に、否応《いやおう》なしにテンションが上がる。

「電車の本数が一時間に一本ってすごくない？」

吊革《つりかわ》に届かない葉月の腕が俺のシャツの裾《すそ》を摑んで、浴衣《ゆかた》がふわりと揺れた。普段この電車に乗る人の数は分からないけど、車内は祭り目的の人たちで溢れ、明らかにキャパを超えているようにも思える。

「いやそれ。俺らは大学の近くに住んでるからいいけどさ、普段から電車使ってる人、乗り遅れたときの代償絶対重い」

「だよね、やっぱ都会出たいな私。ロンドンだって、世界中からたくさん人が集まるんだろうし」

葉月は移りゆく景色を眺めながら呟いて、俺は正直不貞腐《ふてくさ》れそうになる。最後のデート中くらいは留学のことなんて忘れて欲しかったけれど、そんな目論見《もくろみ》は叶うことなく、葉月は留学先に思いを馳《は》せているようだった。

そんなに都会って魅力的だろうか、といつも不思議に思う。葉月の求めるものがはたしてロンドンに確実にあるんだろうか。どこにいるかよりも、誰と一緒に過ごすかの方が、よっぽど重要じゃないだろうか。都会だろうが田舎だろうが長野だろうがロンドンだろうが、俺は葉月さえ隣にいれば、ほかの条件なんてどうでもいいのに。

どれくらいだろう。四十分ほど電車に揺られていると、目的地に着いていた。名も知らなかった駅に降り立って、もわっとした湿気に一瞬目が眩《くら》む。

見渡す限りの人、人、人。普段なら閑散としていそうな駅前が何百人規模でごった返していた。何十もの屋台が、歩行者を挟む形で立ち並ぶ。焼きそば、綿菓子、りんご飴《あめ》、ツイスターポテト、クロワッサンたい焼き、玉こんにゃく。力強い字体の暖簾《のれん》たちに歓迎されて、繋いでいた手に力が入る。

「なんか食べたいものある？」

それとなく聞くと、葉月は忙しそうに視線をあちこちに投げて、

「とりあえず、財布は空になるの覚悟しといて」

と上目遣いで笑った。

葉月がこれからもずっと隣にいてくれるなら、いくらだってなんだって差し出すよ。そう伝えようとしたけど、冗談ぽく言える自信がなくて、喉の奥に留《とど》めた。

歩行者に開放された商店街を人と人の隙間を縫うようにして進む。すれ違うカップルたちは、どの組み合わせも満面の笑みを浮かべていて、あちら側から眺めた俺たちも、

ちゃんと幸せそうに見えているんだろうか、と心配になる。

　葉月との別れが近付いている事実とそれに対する焦りが、頭の片隅からちらちらと顔を出そうとしていた。さっきから上手く笑えているような気がしない。祭りに集中できていないのは、もしかしたら彼女より俺の方なのかもしれないとも思う。

　最後の祭り。

　最後のデート。

　最後の。

「綿あめは、買うべきじゃない？」

　突如、葉月が屋台の前で立ち止まった。

「綿あめ？　初っ端から甘いものいく？　飛ばし過ぎじゃない？」

「えー？　だって綿あめはいつ食べても美味しいじゃん！　食べたいものは食べたいときに食べないと。人生の半分損してると思うよ」

「うわ、出たよ謎理論」

　彼女は、付き合った頃から自分で決めたことは一切曲げようとしなかった。それは頑固というよりも、自分の中に強い信念を持っている、という表現が合っているような気もした。

　最初から決めていたかのように、葉月は【わたあめ】と強調された暖簾の前に並んで、小銭と引き換えに淡い雲を引き取った。歩きながら、人目も気にせず綿あめにかぶりつく。俺はその最後になるかもしれない横顔をただじっと見つめた。あじさいの柄をところどころに配した青紫色の浴衣が黒髪によく映えて、綿あめが口に吸い込まれる度に、彼女は美味しそうに目を細める。そんな表情を眺めていると、ああ確かに俺は人生の半分損しているのかもしれないな、と思えてしまった。

綿あめ、りんご飴、焼きそば。甘いものを中心に食べ疲れた俺たちは、係員に誘導されて川沿いへ向かった。歩行者天国より人の数が明らかに減って、幅の狭い小道でもぶつかるようなことはない。蛍の自然な明るさをより感じるためか、街灯は必要最低限に抑えられていて、足元すらおぼつかない。

道を抜けると、辺り一帯真っ暗な土手へ出た。微かに水のせせらぎが聞こえて、もう少しで着くんだという期待が湧いてくる。柵に手のひらを食い込ませながら、おそるおそる遊歩道を進んでいく。気付けば、周辺の人はまばらになっている。

わたし、今年留学するんだ。

葉月の言葉が脳裏にこびりついていて、掻き消したくて、一心不乱に光を探す。

「ねえ、あそこ見て」

葉月が伸ばした指の先を見やる。そこには、今にも消えそうな光がぼんやりと点滅していた。

「すごい……」

俺たちが蛍を認識したタイミングに合わせるかのように、辺り一面にちりばめられた光が瞬く。静かに、力強く、点滅を繰り返す。


最後の思い出作りたいしね。

蛍を見るのも、これが最後？

不意に視界がぐにゃりと曲がって、世界が反転する。

「来年も、一緒に見たかった」

準備していたはずの台詞はどこかに飛んで、彼女を楽しませるという決意も消えて、ずっと隠してきた本音が、意図せず堰《せき》を切ったように口をついて出る。

「来年も一緒に見たかった。来年も再来年もその先も、ずっと一緒にいられると思ってた。少しの間も離れたくないよ、そんなん無理だって。葉月がいない毎日なんて考えられないし、想像もしたくない。葉月がいないと何も楽しくないって。俺と別々でも平気なの？　辛いのは俺だけなの？」

　葉月は手を握ったまま、離すことも力を入れることもせず、目の前の光を見つめていた。こんなダサい真似をして、流石に呆れられただろうなと、俺はどこか他人事のように思った。

　どのくらい経ったのか、彼女は掠《かす》れた声で「平気なわけないじゃん」と呟いた。その台詞は、驚くほどすっと胸の中へ染み込んで、溶ける。それは、長い間一緒にいてはじめて耳にする彼女の弱音だった。

そこでようやく、胸につかえていた棘《とげ》がとれた気がした。俺は、ただ葉月の本音が聞きたかったんだ、と思った。留学を諦めさせるとかじゃなくて、たった一言俺と離れるのが辛いって言ってほしかっただけで、そのお守りさえ持ち続けていられれば、遠距離も時差も乗り越えていけるはずなんだ。

ぼやけた視界には、残り少ない寿命を燃え尽くそうとするほたるの瞬きが静かに映し出されていた。また二年後に、この景色を二人で語り合えたらいいなと、半ば祈るように思った。

○

それから、葉月が留学してしまうまでは一瞬だった。

彼女を見送るために一泊二日で羽田《はねだ》空港のそばにある小綺麗なホテルに泊まった。最後の夕食、最後の腕まくら、最後のキス。数えきれないたくさんの最後を二人きりで過ごした。

二日間の記憶は全く残っていない。気付いたときには、俺は搭乗口の前で情けなく突っ立っていて、目の前には、ピンクの大きなスーツケースを引きずる葉月がいた。

俺は、気を抜くと零れてしまいそうな涙を抑えるのに必死だった。彼女の背中を目に映す度に、眼の下にある涙を食い止めてくれるはずの筋肉が仕事を放棄しようとして、もう、瞼を開けることすらしんどかった。

搭乗口の前で葉月は「ずっと待っててね」と言って、人目も憚《はばか》らずに俺のことをぎゅっと抱きしめた。彼女の身体は小刻みに震えていた。大きな希望を抱えているはずの彼女の身体は腕に収まるくらい小さくて、俺は、彼女の柔らかさを永遠に覚えていようと思った。

○

昼前、やかましいセミの鳴き声で目を覚ます。……最悪、今日も一限飛ばしてんじゃん。友人から『お前そろそろ単位やばくね？w　大丈夫か？w』というラインの通知が二件も入っている。今向かえば三限には間に合いそうだ、と思ったけれど、身体を起こすのがひどく億劫で、スマホを枕元に投げて再度寝転がった。

葉月が遠い街に旅立ってから一ヶ月が経ち、俺は魂が抜けてしまったように毎日を消費していた。決まりきった予定を、自動的にこなしていくだけの生活。

朝時間通りに起きられたら、葉月からのラインを確認する。生ぬるいシャワーを浴びて、強い日差しを避けるようにしながら大学へ向かう。この街の九月は平気な顔をして真夏日を超えてくる。クーラーの効きの悪い大教室の後ろの席で講義を受ける。葉月からのラインを確認する。学食で税込み三百六十円の山賊焼き丼を食べる。午後の講義を適当に受けて、家に帰って昼寝するか、バイトがある日はイオンモールへ向かう。最初だけ時給の良いパン屋のオープニングバイトを惰性でこなす。休憩室で、葉月からのラインを確認する。サークルの飲みにたまに顔を出す。寝る前に葉月からのラインを確認する。寝る。

　それはまるで機械のような生活で、葉月からラインの返信に気付いたときだけ俺の感情は車のメーターみたいに揺れ動いた。葉月からラインが来ること、そして上手くタイミングが合えばテレビ電話をすること。姿を消してなお、俺の生活の全てを彼女が占めていた。

　家にあった葉月のお泊まりグッズは、留学するタイミングに合わせてほとんどが回収された。サーモンピンクの柄《え》の歯ブラシ、デフォルメされたクマがあしらわれたパジャマ、ＩＰＳＡの化粧水、薄い水色のバスタオル。たしかにそこにあったはずのものが無くなっていくのは、身体の一部を削り取られるような感覚があった。

　葉月が使っていた枕は、どんな匂いがしていたかさえあやふやになった。彼女がいたことを示してくれる証《あかし》は、誕生日にプレゼントされたエアポッズだけになった。

　海の向こうで時計の針を進める葉月と、日々を惰性で消費している自分。二人の時間軸がズレていくのが、怖くて仕方がなかった。彼女が帰ってくるまであと何日？　考えるだけ無駄だと分かっているのにそんな計算ばかりが頭の中を満たして、その度に葉月との思い出に縋《すが》って苦しさを誤魔化した。アルバムに残るツーショットが、彼女の笑顔が、唯一の救いだった。彼女の留学を受け止める覚悟をしたと言いながら、きっとそのしんどさを、本当の意味で俺は理解できていなかったように思う。

それでも、俺たちは互いの近況を報告することだけは欠かさなかった。毎日空き時間を作ってラインを送った。ラインをしてくれた。電話をした。電話をかけてくれた。何千キロ離れていようが、自分の存在を相手に刻みこもうと、二人で遠距離という壁に立ち向かえていた。

はずだった。

【葉月通信のお時間です】

二度見してしまうようなタイトルのメールが届いたのは、葉月がロンドンに旅立って三ヶ月が経った頃だった。彼女のいない夏はダラダラと部屋に引き籠《こも》っているうちに去って、気付けばまた長野特有の底冷えする寒さが本気を出そうとしていた。

【せっかく留学してるんだからさ、形に残せるようにこれからはメールでもやり取りするのはどう？　交換日記みたいな感じで！　ラインより特別感あるし、私がまた日本に戻ったときに、こんなことあったねって一緒に見返さない？　絶対楽しいから！】

それは、考えうる中でも最高のアイディアのように思えた。メールという手段は、ラインや電話のように時間に左右されない。時差という大きな壁がある自分たちにとっては、その壁を壊すことのできる最良の選択肢だった。

何より、葉月から提案してくれたというのは俺にとって最も重要なことだった。葉月が遠く離れた俺のことを想ってくれているという事実が、細胞ひとつひとつにまで染み込んでいくような気がした。

【葉月通信のお時間です

ただ今こちらは、お昼の十二時！　今日はコストコで買ったラーメンを食べました。ずっと食べてないとやっぱり日本食って恋しくなるな。唯人にも食べて欲しい、って毎日食べてるか！

そういえばコストコってね、あれ、英語だとコスコ、って発音するんだって！　知ってた？　どうでもいい豆知識を送ったところで、とりあえず今日も午後の講義頑張ってきます。またね！】

【Re：葉月通信のお時間です

今こちらは夜の十一時です。コストコ、日本でも行ったことないから普通に羨ましいなー。ぶっちゃけ、そっちのラーメンって美味しいの？

コスコ、発音可愛すぎ。今度電話したときにでもさ、発音してみてよ。

葉月がいなくなってから、俺はコンビニ弁当ばっか食べてる。もう既に葉月が作ってくれてたオムライスの味が恋しい。そういえばあのオムライス、結局隠し味なんだった

の？　気になって夜も寝れないんだけど！】

【葉月通信のお時間です

今こっちは、夜の十時！　寝る前に日本へ配信していきます！

今日は生憎《あいにく》の雨だったから、一日中家で過ごしてた。ホストファミリーの男の子と一緒にゲームしたんだけど、ちょっとした勝ち負けで拗《す》ねて泣いちゃって。でも泣いてるとこもすごく可愛いかったの！　写真見せたいくらい！（オムライスの隠し味は秘密！）

あと、大学の方でも仲良くしてくれる友達ができそう。またできたら紹介するね、おやすみ！】

【Re：葉月通信のお時間です

こちら～日本は朝八時です。無事起きれたけど一限サボろうか迷っていることを、ロンドンへお知らせします（留年しそう……）。

今日さ、午後の四限が休講になったから一限さえ休めば一日予定無いんだよね。暇だし、葉月と一緒にまわった公園でも散歩しようかなあ。一人で懐かしさに浸る旅、なんてね。

無事に友達ができそうで安心した！　葉月だったら、変に飾らなくても絶対に皆から好かれると思う、それだけはマジで保証する。無理しすぎずに頑張って！】

一日中暖房を付けっぱなしの部屋で一人にやつく。ラインでやり取りしていた内容をわざわざメールという形で共有するのは、新鮮で、理屈を超えた面白さがあった。葉月からのメールが届くと、スマホがピコンと心地よい音を鳴らして、音を耳が捉える度に、俺は彼女の暮らす異郷の地を想った。葉月のことだから、ホストファミリーにも大学の友達にも好かれるんだろうな。想像できないほどの距離をメールは軽々と越えて、二人の日常を繋いでくれていた。

　俺と葉月は、ジグソーパズルのピースを一つ一つはめていくように着実にメールを積み重ねた。俺は、行き来したメールの数に比例して二人の繋がりも強くなっていくんだと、信じて疑わなかった。

　彼女の留学は、大変だけれどとても充実している様子で、文面から伝わってくる奮闘ぶりは容易にその姿が想像できて、本当に微笑ましかった。

○

　恋人と付き合う上で、きっと同じ環境でいることってものすごく大事だ。恋人が自分より一足先に社会に出たとか、あるいは距離が離れたとか、ほんの少し互いの環境が変わっただけで、保たれていた関係が簡単に崩れ出したりする。言葉でどれだけ繋がった気になってようが、同じコミュニティであることの方が圧倒的に強い。結局、学生の気持ちはやっぱり学生が一番分かるし、会社員の気持ちは会社員が一番分かるってことなんだろう。

でも俺は、そんな固定観念に負けたくなかった。環境や距離で言い訳せずに、葉月のことだけを考えて寄り添おうと心に決めていた。留学生だからとか、葉月はロンドンにいるからとか、俺は日本に籠ってるからとか、環境が変わったからとか、そんなの何の問題でもない。

そう自分に言い聞かせて、言葉に表しようのない焦りを振り払っていた。


スマホを片手に近くの公園まで淡々と歩く。目指すのは、葉月がいた頃に一緒に格付けした百二十点の公園。一人で散歩することにもそれなりに慣れたけれど、行く場所は大抵葉月との思い出の場所ばかりだ。

五分ほど歩けば、すぐ目的地に着いてしまう。目に飛び込んできた大木の枝の先には薄ピンクの蕾《つぼみ》がたくわえられて、今にも春がチラチラと顔を出そうとしている。

葉月がロンドンへと旅立って半年以上が経った。メールボックスのお気に入りには葉月通信が順調に溜まって、見返せば葉月の充実ぶりが手に取るように想像できた。一方の俺は講義をサボることも増えてあわや留年というところまで追い込まれていたけれど、友人の助けもあってなんとか持ち堪《こた》えていた。

ところどころペンキが剥げかけている白のベンチに腰を下ろす。メールボックスを開いて、一文字一文字、丁寧に日記を見返した。

葉月との一日一回のメールのやり取りの中に、『増山《ますやま》さん』という名前が頻繁に登場するようになっていた。

【葉月通信

前も話したけど、大学の先輩に同じ日本から来た留学生がいて。増山さんって方なんだけどね、すごくフレンドリーで沢山話しかけてくれるの！　英語のスピーキングとか詳しく教えてくれるし、ホームパーティに招待してくれたりもするんだ。さっきも誘われたから、今から行ってくるね！　美味しいものたくさん食べてきます】

【葉月通信

今日はね、増山さんに誘われたから、一緒にご飯食べてくる！　この辺で一番有名な日本料理店があるらしくて、そこに連れてってくれるんだ！

最近はちょうど日本料理が恋しくなってた頃だったから、すごい楽しみ。また写真も送るね】

……また、だ。俺は空を見上げ、誰だよそいつ────！、と意味もなく声をあげてみたけど、誰からも答えは返ってこない。春の陽気がただ身体中を蝕む。締め付けるように。

葉月通信を読み返しながら、無意識にため息を吐いていることに気が付いた。最近は、月に一度はすると決めた彼女とのテレビ電話も、また増山さんとやらの話をされるんじゃないかと、毎回不安がよぎる。

そして、そんな外れてほしい予感ほどよく当たる。

「増山さんって、ほんと人脈が広くて、憧れるんだよねえ」

久しぶりの電話で、やっぱり葉月はいかに増山さんがすごいのかを熱弁した。ベンチの手すりに体重をかけながら、俺は体の中でぐるぐると渦巻く感情を誤魔化そうと大袈裟に相槌《あいづち》を打つ。

「昨日もね、クラブに連れていってもらえたの！　学生限定のイベントなんだけどね……」

葉月は、画面の上で解像度の低い笑みを浮かべた。彼女を取り巻く環境は増山さんのお陰で日に日に広がっていっているようで、またそれを隠そうとする素振りもない。

俺は、葉月が夜のクラブで踊る様子を想像してみた。美しい容姿をもつ彼女は一際目立つことだろう。

……だからなんなんだ？　液晶の中でボディランゲージを交えながら話す彼女は、半年前に別れを惜しんだあの人と同じようで、決定的に何かが違うような気がした。キャンパスで見かけた日の凛々《りり》しい面影は、もうそこには無いように思えた。

葉月は、気付かない。画面に写っているはずの公園にも、俺の後ろにある桜の木にも、気付かない。また早く会いたいだとか、そこ一年前行ったよねなんて、過去を惜しむことは一切しない。葉月は、俺のいないその場所がいかに楽しいのかを語り続ける。

俺があまりにも浮かない顔をしていたんだろう。葉月は「クラブって言っても、日本のとは違うよ？　ナンパみたいなのも無いし、こっちじゃそれが普通なんだから」と言い訳するように言い募った。

増山さん。ますやまさん。マスヤマサン。その名前が出てくる度に彼女の充実ぶりがうっすらと垣間《かいま》見《み》えて、苦痛だった。空っぽな生活を送っている自分との差を見せつけられているみたいで、二人の過去が上書きされていくようで、醜い感情は募っていくばかりだった。

電話し終えて、溜まっているメールボックスを眺める。この半年で増山さんに関してやたらと詳しくなった自分がいて、気付かれないうちに何かの虫に寄生されたみたいで、ものすごく鬱陶《うつとう》しい。

歳は葉月の二つ上で、英語がものすごくペラペラで、分からない事は聞けばなんでも教えてくれるという。お昼もよく連れて行って貰っているらしく、なんでも、留学生のなかでも一目置かれるような存在だと葉月は話した。容姿について触れられたことはないけど、さぞ自信のある容姿なんだろう、俺なんかとは違って。

ここまで嫌というほど増山さんのことを聞かされているのに、俺は増山さんの性別だけは未だに知らないままだった。最初に聞くタイミングを逃したというのも一因ではあったけれど、一番の理由は、増山さんが男だと言われたときにどんな反応をすればいいのか分からなかったからだった。

葉月は、きっと増山さんが男だからどうだとか、そんな低次元のことは気にしない。でも、自分にとってそれは一番と言っていいほど重要なことだった。

葉月が浮気してるかもだなんて、疑ったことは一度たりともない。やましい事が無いからこそ増山さんの名前を出せているんだってことも理解できる。彼女はそんな軽い人間じゃない。そんなことは分かりきっている。

それでも、葉月の周りを取り巻く男なんて、一ミリたりとも信用できる訳がなかった。

○

振り返ってみると、俺と葉月は根本からすれ違っていた部分が多かったように思う。

自分の人生をあくまで軸にして生きていた葉月と、彼女と一緒に過ごすことを最も重要としていた俺。いつだって今と未来をいかに楽しむかということに賭《か》けていた葉月と、彼女が隣にいた過去に浸り続けていた俺。

変わりたかった葉月。変わりたくなかった俺。もしかしたら、彼女とキャンパスですれ違ったときから、この差は埋められないものだったのかもしれない。

それでも俺は、いつでも彼女に思い出される存在でいたかった。公園を見かければ葉月と散歩したあの日を思い出すように、川沿いを歩けばシャボン玉を一緒に吹いたあの日を思い出すように、俺は、葉月にもあの時間を心のどこかに留めておいて欲しかった。

○

昼過ぎ、セミの鳴く不快な音で目を覚ました。やべーまた寝坊した、と寝ぼけた頭が錯覚して、液晶画面に表示された【土曜日】の文字にホッと息を吐く。最近は曜日感覚すら無くなってきていて自分でも笑えてくる。寝汗の染み込んだタンクトップが背中に張り付いて鬱陶しい。身体に一夜分の熱が溜まっている気がして、洗い流そうと浴室へ向かう。

シャワーヘッドの吐き出す冷水が温かくなるのを待ってみるけど、なかなか水温が上がってくれない。苛《いら》立《だ》ちながら給湯のボタンを二、三度押す。……あ、まさか、やらかしたか？　何週間か前から郵便受けに放置していたガスの支払い督促状がぼんやりと脳裏に浮かぶ。詳しい日にちは覚えていないけど、そろそろ支払い期限が切れる頃だったのかもしれない。

色々と考えるのも面倒で、冷水をそのまま頭から浴びる。一瞬身体がびくっと驚いて、全身の熱が水に奪われて、余計な感情と共に排水口に飲み込まれていく。そういえば風《ふ》呂《ろ》の掃除も長い間していなかったよなと、黒ずんだ楕《だ》円形《えんけい》を見てなんとなく思った。

大学が長い長い夏休みを迎えたというのに、俺の毎日は講義がある時期と変わらず暇という一言で済んでしまっていた。昼過ぎに起きてバイトに行くか、何もなければネットの海に籠るか。たまに友人からの誘いがあればサークルに顔を出したりもしたけれど、今までろくに活動に来なかった人間が大して馴染める訳もなく、顔も覚えていない後輩に分かりやすく気を遣われるのも申し訳なくて、また次第に距離を置いた。

対照的に、葉月のロンドンでの生活は日を経るごとに充実していっているようだった。それが分かったのは、彼女からのメールを読んだからではなくて、むしろ連絡の頻度ががくんと減っていたからだった。

きっかけはきっと、あの日だと思う。月に一回はしようと決めていたテレビ電話も、増山さんの話をされてからは互いに気まずい雰囲気を感じ取るようになって、もう四ヶ月はしていなかった。あれだけ楽しみにしていた葉月通信も週に一回届けば良い方になっていて、送信フォルダには俺が一方的に送った日記が埃《ほこり》を被っていた。

【唯人通信

こちら、夜の二十二時。全然連絡が来ないから心配。

最近は、葉月と一緒にいた頃ばかり思い出してる。川沿いで一緒にシャボン玉吹いたの覚えてる？　あそこの近くの橋で、ちょっと前から工事が始まったんだよね。葉月との思い出の場所が無くなるみたいで、少しだけ寂しい。

そういえば、オムライスの隠し味、まだ教えてもらってないよね。葉月が作ってくれ

た味思い出したいから、早く教えてよ！】
　返事が来ないと心のどこかでは分かっていながら、葉月が読んでくれていることを祈って毎日送り続けた。

【唯人通信
　こちら、日本はお盆です。だけど、なんか外出るのもダルくて、今日は一日中家でネトフリ観てたよ。時間一瞬で溶けた。
　そういや、葉月が前に見せてくれた洋画のタイトルってなんだっけ？　久々に観てみたいから、覚えてたら教えてほしい！
　そんでまた葉月が帰ってきたらさ、一緒に観ようよ】

　留学という夢を現実のものとした葉月と、彼女との過去に追い縋る空っぽな自分。よくよく考えてみれば、二人がすれ違っていくのは当たり前のことなのかもしれなかった。遠距離だとか時差だとか増山さんだとか、手に取りやすい理由に逃げていただけで、二人にとって重要なものは致命的にズレてしまっていた。俺にとっては葉月が今も昔も一番大事だったけれど、彼女にとってのそれは、もう俺じゃないのかもしれなかった。
　幸か不幸か、日記が届かなくても葉月の動向はインスタを覗けば手に取るように分かった。メールが届かなくなったのと反比例するように、彼女のＳＮＳでの投稿は格段に増えていた。留学生活は変わらず順風満帆そうで、ストーリーズにはたくさんの人間とグラスを合わせる動画が細切りになって何度も流れた。

増山さん。ますやまさん。マスヤマサン。そう彼女が呼ぶ人間が写っているか探そうとして、やめた。
葉月と距離ができたのは増山さんが原因なんじゃなくて、過去に固執している俺一人の問題なんだと、本当は分かっていた。

生乾きの臭いのするタオルでくしゃくしゃの髪を拭きながら、葉月に送るメッセージを考える。彼女が留学先から帰ってくるまであと一年。「あと少しでまた会えるね」と一言でも言って欲しくて、俺は想いを文章に込める。

【唯人通信
葉月が留学してから一年が経ちました。
この一年、本当にしんどかった。情けないけど、やっぱり俺は葉月がいないとだめだし、一人じゃ何も楽しめないんだなって思う。
葉月と会えたら、何しようかなって最近はよく考えるんだ。色んな所に行きたいけど、まずはあの桜の木がある公園で、一緒にこの日記を見返したい。葉月のお土産話も、たくさん聞きたい。
とにかくあと一年だから、それだけを楽しみに今は頑張ってる。葉月も無理し過ぎず、毎日を過ごしてね】
返事は、正直そこまで期待していなかった。彼女が目を通してくれさえすれば、海の向こうで少しでも俺のことを思い出してくれれば、それで充分だった。

○

明け方、眠気を誘うためだけにアルコールを身体に流し込んでいると、枕元のスマホがピコンと鳴った。まどろみかけていた意識が一気に覚醒して、葉月だ、と反射的に手がスマホへ伸びる。久しぶりに耳にした葉月専用の通知音は、懐かしさよりもどこか不《ふ》穏《おん》な雰囲気を漂わせていた。

目にした通知にはタイトルが表示されていなくて、これはいつもの【葉月通信】じゃないんだと感覚的に捉える。室外機の音が耳鳴りのように反響して、窓の隙間を風が縫ってびゅうという音を立てた。

【そっちはもう夜が明ける頃だよね、いきなりでごめんね。

もう、別れよう。正直、今の唯人の生き方は好きになれない。

私たちは大人なんだよ？　お互いを好きなだけじゃずっと傍にはいられないし、恋人の人生に乗っかるだけじゃ、きっとそれは夢って言わないの。

唯人は、私と一緒にいることが全てだと思ってない？　私が隣にいることを、当たり前だと思ってない？　それじゃ、たぶんだめなんだよ。もっと自分のためだけに生きなきゃだめ。

唯人がこれから本当に大切にしなきゃいけないものってなに？　これからやりたいことってなに？　私は自分の決めた道でこれからも夢を追いかけ続けるから。唯人も、私以外に大切だと思えるものを、ちゃんと探して】

真っ黒に塗り潰された背景に歪《ゆが》んだ文字がふわふわと浮かんでいた。親指の先で画面を強く擦ってみても、文字は消えてくれない。

　こんなときでさえ、彼女との思い出が脳裏に浮かぶ。

　葉月を初めてキャンパスで見かけて舞い上がった日。葉月の家を初めて訪ねた日。葉月と初めて遠出した一泊二日の温泉旅行。そして、葉月が祝ってくれた初めての誕生日。思えば、あの誕生日が人生最高の日だった。好きな人が目の前で笑っていて、好きな人が作ってくれたケーキを食べて、甘すぎるケーキに少し文句を言いながら、二人で平らげる。そんな、人生最高の日になるはずだった。

　それを人生最悪の日に変えたのは自分なんだろうか。あの日、一言でも「俺も葉月に追い付けるように頑張るから」と伝えられていたら、「好きな人できたら言ってよ」なんてひどい嫌味を言わなければ、俺が彼女との過去に縋り付いていてさえいなければ、何かが、変わっていたんだろうか。

　ピコン。思考を乱すように、またスマホが鳴って、メッセージが表示される。

【あとね、オムライス、実は隠し味なんて無いんだ。黙っててごめん。

だから、もう私の作った味を追いかける必要なんてないの。これからは、唯人が好き

なように作っていいんだよ】

　酒を零してそのままにしていたテーブルの上に、アルミの缶と薄汚れたエアポッズが雑に転がっている。名前の入った刻印は黒く薄汚れて、もうアルファベットを読み取ることもできない。

　いつの間にか、室外機の音も聞こえなくなっていた。

○

「実はいま遠距離恋愛してるんですけど、ほんと辛いんですよ。だってあたしが住んでるのが長野で、彼が東京じゃないですか。滅多に会えないし、会えても長い時間一緒にいられる訳じゃないし」

　友人が無理やり連れ出してくれたサークルの飲み会で、二個下の後輩が辛そうに遠距離恋愛を嘆いていた。舌っ足らずな話し方とその内容のどちらにも少し苛立って、葉月だったらこんな話し方はしないよな、と意味もなく比べてみる。まあ、もう別れてるからそんな事関係ないんだけど。

「そうなの？　それは辛いわー。いや、マジで俺そういう相談また全然乗るから、遠慮なくいつでもラインしてよ！」

　軽薄さが売りの同期が心配しているような口ぶりで言って、後輩の女の子が「頼りにしてますー！」と返す。

ああ、この二人できてんのか、と腑《ふ》に落ちる。きっと既にもうそれなりの仲なんだろう。そう気付いてから改めて眺めると、ふたりの距離感は男女の友情と呼ばれるその域を超えているようにも見えた。

長野と東京くらい特急にでも乗って会いに行けばいいのに、と思う。乗り継ぎ無しで三時間もかからないし、土日に会いに行こうと思えば余裕で一泊はできるだろうし。こんなしょうもない飲み会で彼氏に会えないって愚痴を吐くくらいなら、今すぐに電車に飛び乗って愛《いと》しの彼氏に会いに行けばいいのに。

遠距離は、きっと恋愛の敵なんかじゃない。遠距離も、彼女の周りにいる男も、時差も、実は敵なんかじゃないんだ。そいつらは一見すれば敵に見えるけど、本当は違う。ただ、恋する人間の本性や弱さを炙《あぶ》り出すだけだ。

俺らが、上手くいかなかった現実を正当化したいだけだ。

心の中で散々に言いながら、現実の俺は後輩の話に合わせて機械的に頷く。あー、うん。遠距離ってしんどいよね。分かる分かる。会いに来てくれよって思うよねー。

遠距離という言葉を吐くと、未だに心臓をきゅっと摑まれる感覚があった。こうやって無理やり話を合わせている自分が、実はこの場で一番しょうもないのかもしれない。

思いがけず色恋に挟まれている状況に耐えきれなくなって、タバコ吸ってくるわと告げた。丸いテーブルをすり抜けて、そっと店のドアを押す。ドアに取り付けられた鈴がチリリンと大袈裟に鳴ったけれど、誰かから気に留められる様子もない。みなテーブルに並べられたお酒と、異性との会話に夢中な様子だった。

店を出ると、一気に喧騒《けんそう》から解放される。さっきまでの大騒ぎが嘘みたいに思えるほどの静けさが広がって、やっぱり自分はこっちの方が合ってるよな、と思う。

アスファルトの隙間から這い出た稲みたいに細長い雑草がゆらゆらと揺れている。肌を撫でる秋風はもう冷たくて、また引き籠っているうちに夏が終わったことを実感した。ゴミ箱にかなぐり捨ててしまったモラトリアム期間は、きっともう戻ってこない。

駐車場のコンクリートブロックに腰かけてタバコに火をつける。思い切り吸い込むと煙が肺に溜まって、息を吐くと、煙は宙で揺れるように浮かんでそのまま消えた。口の中にブルーベリーのフレーバーが微かに残って、ふと葉月のことを思い出す。

煙と葉月は似てるとずっと思っていた。

そこにあると思って安心しきっていたら、気付いたときにはもう消えて無くなっている。姿も匂いもそこには一切残らない。確かにあったその場所を手で摑もうとしても、搔き分けようとしてみても、思いっきり肺から吸い込んで匂いを感じようとしても、そこには何の存在も感じられない。

吐いた煙の先を確かめてみたくて、その先をじっと見つめてみた。煙はやっぱりすぐにたち消えて、煙が散ったその先には、黒で塗られた空が広がっている。

○

私以外に大切だと思えるものを、ちゃんと探して。

葉月が放った言葉の意味を、あれからずっと考え続けていた。

葉月と別れてから早いもので季節は一回りしていた。彼女とはもうメールで連絡も取っていないし、インスタのフォローも互いに外している。予定通りなら、きっと彼女もそろそろ日本に帰ってくる頃だ。

葉月に会いたいという気持ちはある。お土産話を聞いてみたいとも思う。でも、まだ会えない。自分にその資格はない。

葉月の存在だけが全てでそれ以外を排除してしまっていたあの頃から、少しは変われただろうか。最近はお酒ばかり飲むのはやめて、バイトに励んで、大学の講義を受けて、就職活動も始めて、たまに友人とスノボしたり遠出したりもしている。ようやく彼女の存在を抜きに楽しめる余裕ができた。当たり前のことのように思えるけれど、あの頃はそんなことすら考えられないほどに葉月が全てだった。それは、もしかしたら依存と言ってもよかったのかもしれない。

今日も、東京で行われる面接のために新宿《しんじゅく》へ向かう。松本からは特急あずさで、乗り換えもなく六千円くらいで行けてしまう。二時間半電車に揺られるのを我慢していれば、いとも簡単に着く。もしかしたら長野とロンドンだって、自分があまりにも遠いと思い込んでいただけで、実は大した距離じゃなかったのかもしれない。

葉月が俺に別れを告げたのは、彼女に執着して自分の生活すらろくに送れていなかった俺を救うためだったんじゃないかと今になって思う。葉月はきっと、ロンドンで大切にしたいものを見つけたんだろう。それなのに、俺はずっと彼女との過去に縛られながら、その面影を探して生きていた。葉月のいない毎日を嘆くくせに、俺はその背中を追う努力をしなかった。このままではだめになると、彼女が俺のことを一番に考えてくれていたんじゃないか。

葉月の言葉を思い返す。

唯人がこれから本当に大切にしなきゃいけないものってなに？

……まだ答えは出ない。

皮肉にも、その質問は就職活動の場でも何度もなされた。

貴方《あなた》が今、大切にしているものはなんですか？　働く上で、何を大切にしていきたいですか？

今までは、自分の大切にしたいものは彼女との生活そのものだった。葉月と一緒にいたいから、これからの人生を一緒に生きていきたいから、お金を稼ぐ。将来的に彼女と結婚して家族を養うために、就職をする。

でも、それだけじゃだめなんだろう。彼女を軸に据えるんじゃなくて、あくまで俺がこの人生の主人公として、生きていかなければならないんだろう。

車窓から見える景色が、色とりどりの濃緑から建物の立ち並ぶ味気ないグレーに変わっていって、列車が東京へ入ったのが感じ取れた。次は立川《たちかわ》です、と流暢《りゅうちょう》なアナウンスが流れる。新宿まであと少し、面接で答えるべき回答を頭の中で必死に考え巡らす。

東京は、いつ降り立っても人の波がすごい。流されるようにすれ違う人の数も、長野とは桁違《けたちが》いに多い。改札口に吸い込まれてゆくサラリーマンたちは、何を目的として、何のために生きているんだろうか。自分のやりたい仕事をできているのか。それとも、愛する人を守るために、やりたくない事をこなしているのか。分からないけれど、皆何かを守るために闘っているんだろう。

葉月のように明確に夢を持てる人は、たぶんそう多くない。ときには趣味だったり、恋人だったり、何かを拠《よ》り所にして、その拠り所のために生きていくしかない人も数多くいる。俺だってそうだった。でも、それは悪いことなのだろうか。やりたいことだけを一心不乱にやることが正義なんだろうか。何かを妥協することは悪なのだろうか。まだ答えは出そうにない。

就活の面接では何度も嘘をついた。私はコミュニケーション能力を駆使して、御社に貢献していきたいと思います。人との繋がりを大切にして生きてきたので、御社のカラーとマッチしていると考えています。ときに自分すらも騙《だま》しながら、自信満々の笑みで面接官と話した。

それで葉月のように本当の夢を持って叶えようとしている人に勝てるのかと問われれば、間違いなく難しいんだろうなと思う。留学だとかインターンシップだとか、時間を削って頑張ってきた人に、家に籠って彼女を想い続けただけの俺が勝てるわけが無い。

それでも、もう立ち止まる訳にはいかない。

階段を上って、東口の喧騒へ飛び出す。出迎えるようにビルの大型ビジョンが見えて、その大きさに思わず見惚れてしまった。周りに上空を見上げる人は誰一人いない。俺もまた前だけを見据えて、まだ身体に馴染んでいないネクタイを締め直す。

これから、グループディスカッションと面接が控えている。一体今日は、何回自分に嘘をつくことになるんだろうか。

とにかく今は、少しでも葉月に近付きたい。彼女の背中からどれだけ離れてしまっているのか、分からないけれど、とにかく走って、走って、走るしかない。

人混みに紛れないよう、強くアスファルトを踏みしめた。汚れ一つない革靴は、太陽の光を蓄えてきらきらと輝いている。

シンデレラボーイ

何の気なしに眺めていたツイッターのタイムラインで、恋人とサイゼに行くのはありか無しか、という論議が再燃していた。私が目にしただけでも、今年に入って何回目なんだろう。せっかくの外食でわざわざサイゼを選ぶのはセンスが無いという側と、サイゼのコスパに文句を言うなんて信じられない、という側が対立して、はたから見ると双方何にそこまでキレてるんだ？　と若干引いてしまうほどの様相を呈していた。どちらの側につく、なんて体力を消耗するようなことはわざわざしないけれど、強いて言うなら、好きな人が一緒ならどこに居ても楽しいでしょ、それがサイゼでも、と私は思う。もちろん、その意見を投稿して新たな種を蒔《ま》くようなことはしないし、誰かから肯定して貰おうとも思わない。私がただそう思ってるというだけだ。

ふと隣を眺める。蓮《れん》だって、たぶん私と同じことを言うと思う。

歳が二つ上の彼とは、一年半前に出会った。役者を目指すかたわらで、コンビニや居酒屋のアルバイトを掛け持ちして生計を立てる彼と、かたや大学四年への進級を目前にして講義とカフェのバイト、そして就職活動に囲まれるようにして過ごす私。最近は特に就職活動に時間を取られるようになったから、バイトのシフトも前ほどは出せていない。

学生とフリーターのカップル。当然、経済的な余裕は全くない。でも、それでいい。サイゼでミラノ風ドリア？　わりかん？　全然許せる、隣に蓮がいてくれるなら。

それに、お金は無くても時間はある。

二人が時間を費やすスポットはいつも限られる。家から歩いて十分もかからないところにある市が管理する大きな公園と、そこに隣接するように建てられたこぢんまりとした美術館。Ｌサイズのピザがワンコインで食べられる駅前の居酒屋に、毎週のようにラインで割引クーポンを届けてくれる格安のカラオケ。インスタにハッシュタグと共に載せられているようなテーマパークとは今のところ縁がないけれど、それはそれで私は充分満足している。

だって、蓮が隣にいてくれさえすれば、近くの公園は遊園地へと姿を変えてくれる。公園の中心に配置された噴水の広場だって、待ち時間の必要ないスプラッシュ・マウンテンへと成り代わるのだ。

時間だけはありあまるほどある私たちは、芹ヶ谷《せりがや》公園の芝生でストロング缶を片手に寝転がる。残冬の空気に冷やされて硬くなった雑草がちくちくと背中を刺して、二月の終わりだとは到底思えない貫くような冷気に、直接氷を当てられたかのように手のひらがかじかんだ。

「ちょっと手借りるね」

そう言って握った蓮の手のひらは、同じ場所にいるとは思えないほど温かかった。彼の手を頬に当てると、触れた部分から温《ぬく》もりが波紋のように広がって、なんか、冬にコタツでアイスを食べる感覚に似てるな、と思う。

「朱里のために温めといたから。ってほっぺ冷た！」

「あったかいの最高……」

「朱里は相変わらず冷え症だね」

「そうなの。全然治る気配なし」

「まあ、そのために俺がいるみたいなもんだし」

「……うん、でもちょっとぬるくなってきたなあ」

蓮の手のひらは、私の頬に温度を奪われてあっという間に元気が無くなった。温度が逆転したのを感じ取って、頬から彼の手のひらを剝がす。

「えーひどい、冷たくなったら用無しなの」

蓮はぶつくさ言いながら芝生から起き上がって、不貞腐れたように開きかけのストロングゼロを呷《あお》った。私は「また寒くなったら手のひら借りるからね」と返して、銀色のプルタブに爪をかける。

「っていうか伝えるの忘れてた、合格おめでとさん！」

蓮が思い出したように言って、缶をぶつけた。私を祝福する鈍い音が鳴って、それを合図にまたふたり缶を口元に傾ける。

「ありがと。って言ってもさ、まだ一次面接通っただけだから。むしろここからが本番なんだよね」

そう返したとき、スマホが通知で明かりを放った。22時42分。

私と蓮のどちらかに良い出来事があったとき、この公園まで歩いて、二人で静かな祝杯を挙げるのがいつからか恒例行事になっていた。蓮が単位ぎりぎりで大学を卒業したときは私がスト缶をおごったし、私のつたないエントリーシートが書類選考を初めて通過したときは、彼が自分のことのように喜んでくれた。そんな些《さ》細《さい》なことを祝っていたらキリがないようにも思えるけど、なんせ、時間だけはある。私たちの喜びは、常にこの公園と共にあった。

「まだ一次面接だからーって言うけど、充分すごくねえ？　俺なんてさ、就活したことないから全然偉そうなこと言えないけど。着々とやるべきことやってんの、ほんと流石だなって思うよ」

蓮の言葉にはいつもの程よい軽さが混ざっていなくて、嬉しいような、こそばゆいような気持ちになる。普段、あまり物事の善し悪しを語りたがらず飄々《ひょうひょう》と生きているように見える彼は、たまにこうやって真っ直ぐに言葉を投げかけてくれる。何をきっかけにして彼にそのスイッチが入るのかはまだよく分かっていないけれど、その些細な一言に私はいつも救われてきた。

「そういえば、蓮の方は最近どうなの」

目は合わせないで、軽いトーンを装って聞く。

「最近どう、って？」

「ほら、色々舞台のオーディション受けてみるって言ってたじゃん？　最近どんな感じなのか聞いてなかったから、どうしてるかなーと思って」

変にプレッシャーをかけてると思われたくなくて、「そっち系の業界も大変そうだよね」とだけ付け足す。

蓮は大学を卒業してから、特定の劇団に入らずにフリーランスという形で役者を目指していた。詳しいオーディションの結果は聞けていなかったけれど、一つの役を貰うということが極めて大変だということは理解していたし、たまに覗き見る彼の曇った表情からなんとなく察していた。

そもそも彼自身、オーディションや芝居の話だけは自分から話したがらなかった。これから将来どうやって生きていくのか、いつまで夢を追いかけるつもりなのか、という話題になると、ほんの少しだけ空気感が変わる。彼の言葉を、目では見えない小さな棘がまとう。

視線のやり場をなくして、手に持ったストロングゼロの文字列を無意味に眺めた。アルコール度数９％、業界最高の爽快度《そうかいど》！

「……あー、前の舞台のやつはだめだった。相変わらずオーディションは受けてんだけどね。舞台中心にみてるけど、やっぱ受かるかは微妙」

蓮は芝生に大の字に寝転がったまま空を見上げている。彼の言葉の端からは「その話題には触れないでくれ」という棘がひしひしと伝わってきて、やっぱりこうなるよな、とさっきの発言を悔やむ。だけど、どこかそうなることを冷静に予感している自分もいた。

こういうとき、私がオーディションの審査員になれたらいいのにな、と切実に思う。そしたら蓮を一番に推すのにと、本気で妄想してしまう。

蓮とは、大学の講義で初めて出会った。蓮と言います、と隣に座る彼の口からその名前を聞いたとき、なんだこのチャラついている人間は、と率直に思ったのを今でも覚えている。肩に毛先が付くくらい長く伸ばされた襟足に、ところどころ金色に染められたインナー。ああこの人は私とは違うタイプの人間だ、と見えない壁を構築しながら教授の指示に従って自己紹介をしていると、彼はいきなり「なんでこの講義取ったんですか！」と嬉しそうに顔を近づけた。

当時の私は「楽単だから」という理由だけでその講義を選んでいたけれど、今思えば、たしかその講義は映像学入門とやらで、役者という職業に強い関心があった彼のテンションがどうしようもなく上がってしまったのも当然のことだった。

それでも、いきなり距離を詰められたにもかかわらずそこまで嫌な気がしなかったのは、悔しいけれど、近寄りがたいビジュアルの裏に隠れた人懐っこい笑顔がツボに刺さってしまったからなのかもしれない。

　それから事あるごとに距離を詰めてきた蓮の熱意に負ける形で付き合うことになり、彼の中身がビジュアルに反してとても人懐っこいと気付き始めた頃、突如彼は役者を目指していることを私に打ち明けた。今から一年前のことだった。

　蓮がちょうど大学卒業を控えていた頃で、その日も私たちはこの公園でだらだらと時間を潰していて、彼はまた例のごとく急に真剣な顔をしたかと思ったら、大学卒業後は就職するつもりはない、と話した。あまりに突然の出来事で、彼氏がいきなりそんなことを伝えてきたら、「そんなこと言われても困る」「考え直してよ」の一言くらい自然に出るものだと自分でも思っていた。けれど、現実は全く違った。役者になりたい、と伏し目がちに語る蓮を前にして一番に感じたのは、いきなり差し出された情報に対する混乱でもなく、先が見えない将来への不安でもなく、心の底から溢れ出る羨望《せんぼう》だった。

　人は皆、何かになれると信じている。サッカー選手、医者、アイドル、声優、漫画家、ＹｏｕＴｕｂｅｒ、自分は何者かになれるんだと自負して、声高く宣言する。そして、そんな希望に満ち溢れていたはずの将来の夢も、歳を取る度に現実的な何かに置き換わっていく。別に最初から本気じゃなかったから、と時に自分すら騙しながら、抱えていた未練を断ち切って、目の前に転がる退屈な毎日を受け入れる。当たり前のことだし、私だってそうだ。子供の頃の夢なんて、今はもうよく思い出せない。

だけど、大学を卒業した後も夢を諦めたくないと話す彼は、その誰もが通る道からは完全に逸脱しているように思えた。

私は、素直に羨ましかった。やりたい事を言葉に出来るのが、そして行動に移せるのが、心の底から羨ましかった。惰性で大学生活を送りながら、「やりたい事」よりも「やりたくない事以外」を軸に就職活動に臨もうとしていた私からしたら、彼のひたむきさはあまりにも眩しかった。楽単という理由で講義を選んだ私と違い、自分の夢に必要なものだとして自ら講義を選ぶ彼の姿は、妬《ねた》ましくすらあった。

蓮は「迷惑かけることも沢山あると思うんだけど、隣で支えてくれないかな」と申し訳なさそうに私に告げた。たまらなく嬉しかった。彼は私のことを夢を追いかけるためのパートナーに選んでくれたんだと、強烈に感じた。

彼と一緒なら、私も何者かになれるかもしれないと思えた。蓮は役者を目指す。私はなんでもいいからそれなりの企業に入って、経済的に蓮のことを支える。彼が夢を語ったこの日から、私の毎日は意味を持ち始めて、今に至っている。


「オーディション、絶対受かるよ」

この気持ちが届くように蓮の耳元で囁く。

「受かるかな？」

「受かるよ、受かる。断言する。一番近くで蓮が努力してるの見てる私が言うんだから、絶対に大丈夫。落ちても、審査員のセンスが無いだけ。そんなの、気にしなくていい」

「そっか、確かにその考え方いいな。朱里に言われたら、上手くいく気がしてきたわ」

「でしょ？　受かったら、絶対またここでお祝いしよ」

　真夜中の公園で私たちは身を寄せ合う。前方にぼんやりと浮かぶ影は、くっついて、ひとつの生き物のように、街灯がちかちかと点滅するのに合わせて揺れた。

「ずっとこうしていたいな」

「ずっとって、どのくらい？」

　頭で考えるよりも先に、流れるように言葉が出てくる。

「蓮が有名になっても、私が社会人になっても、こうやって夜中までお酒飲んだり、時間も気にせず散歩したり、時には何にもしないでダラダラしたり。いつまでもできたらいいなって」

　蓮は相変わらず空を見上げている。

「できたら、いいね」

　そう彼が口にしたとき、私たちを照らしてくれる街灯の光が急に弱まって、横顔が影に遮られた。

「ねえ」

「ん。どうしたの」

　言葉を交わす度に白い靄《もや》が広がる。すぐに消えていくのがなんとなく寂しく思えて、会話を止めたくない。

「私のこと、好き？」

　一拍置いて、蓮は答える。

「ちゃんと、好きだよ」

　彼の口から放たれた白い靄はすぐに消えた。確かにそこに、私の目の前にあったはずなのに、最初から存在しなかったかのように無くなってしまった。

○

　独特な緊張感と疲労とが相まって、脳みそがドロドロと溶け出しそうな感覚がある。頭の中には綿密に準備してきた定型文があったはずなのに、いつの間にかどこかへ散らかってしまった。肩には無駄に力が入り、自分が出しているとは思えないくらい声は震えている。

　都庁前《とちょうまえ》駅に着いたとき、そそり立つビル群に圧倒されて思わず立ち止まった。大学進学を機に二年前に一人暮らしを始めたけれど、高い建物を目にするとその頂点を見上げてしまう癖は未だに治らない。都心の建物はやっぱりスケールが違うなあ、なんて他人事のようにマップを立ち上げていたら、なんとそのビル群のうちの一つが私の目的地で、思わず「は？」と声が出てしまった。

ついさっきまで地上から見上げていたビルの二十四階で、名前が呼ばれるのを待つ。きょろきょろと見回すのは印象が良くなさそうで、目だけを動かすのを意識して不自然な感じにならないよう辺りの様子を窺う。見渡す限りリクルートスーツの黒が占めて、顔も合わせたことのない学生たちが、わざわざ示し合わせて統一しているようにすら思えてくる。

唯一違いが出ているのは髪型かもしれない。髪をゴムでまとめている人もいれば、ショートにして髪を耳にかけている人もいた。それでも髪色は全員がつややかな黒色に統一されていて、私も含めて、面接官はこの画一化された学生たちの差が分かるんだろうか、と不安に思う。

待機中の姿勢の良さも見られてるんだから、背筋をちゃんと伸ばすとか、そういうところからきちんとしなさいよ。母親からの小言を思い出して、パイプ椅子に深く腰かけすぎないよう天井から頭のてっぺんを糸で吊《つ》られるのを意識する。重心が少しでも椅子の中心からズレると、ギシと音が鳴るのが気になる。

背筋をできる限り伸ばそうとお腹に力を入れると、脇腹の辺りにぽっかり穴が空いてしまったような感覚があった。面接している最中にお腹が鳴ってしまわないか、また新たな不安が芽生える。

就職活動を始めてから、正確に言えばエントリーシートという存在を知ってから半年近くが経った。母親に「就活は先にやったもん勝ちよ」と口酸っぱく言われ、それなりに面接の場数も踏んできたつもりだけど、志望理由は毎回のようにブレるし、自己分析すればするほど自分がどんな人間なのか分からなくなってくる。面接官の、人を値踏みするような鋭い目付きにも未だに慣れない。というか、面接官は自分の強み弱み全部把握してるのかよ、とも思う。

就活生の集まる会場では、言葉を交わさなくても各々の思惑が伝わってくる。【何としてでもこの企業に入ってやる】【収入も知名度も申し分ないし、ここに入れば人生は安泰に違いない】【一部上場企業に入れなかったら人生終わり】。それぞれの抱える打算が目には見えない混沌《こんとん》とした雰囲気を生み出していて、それは、赤、黄、青、緑、紫、全ての色の絵の具を混ぜると最終的に黒になるアレに似ている気がする。

深呼吸しながら、蓮の顔を思い浮かべる。大丈夫、私にも蓮を経済的に支えるという立派な目的があるんだ。動機はきっと誰よりも不純だろうけど、そのためなら私は思ってもいない嘘だってすらすらと吐けた。結局、変にかっこつけるよりも割り切った人間の方がどんな場面においても強いのだと、自分に都合のいいことを言い聞かせる。

「潮見《しおみ》朱里さん、二番の応接室にお入りください」

不意に名前が呼ばれて、現実に引き戻された。目の前に人事担当者が立っているのに気付いて、咄嗟に満面の笑みを返す。もう、頬が引き攣《つ》っている感じはしない。蓮と話すときみたいに自然に笑えている、と思う。

見ると、黒髪を額の真ん中で分けた爽《さわ》やかそうな男の胸元に、田中とネームが貼ってあるのが分かった。人事担当者の名前は覚えておくと後々印象がいい、なんてテクニックが就活生向けのサイトに書いてあったことを思い出す。この人が、私の将来の上司になるかもしれない。一応頭の中で名前を復唱しておく。

金属製の分厚いドアを力を込めてノックしてから、失礼いたします！　と、ここ半年で何回目かの覚悟を決めて声を張る。気付けば、声の震えは収まっている。

○

「今日さ、どこか買い物行かない？」

面接が終わり、改札前で待ってくれていた蓮の気の抜けた顔を見て、長い時間引きずっていた緊張がほろほろと溶けていく。二日ぶりに見た彼の顔はどんな栄養ドリンクよりも身体に沁みる。

面接における三十分は、講義の三十分よりも、友達と駄弁《だべ》る三十分よりも、何よりも重たくて内容が濃い。面接自体は短時間だとしても、その締まった空気感を家の玄関にまで引きずってしまうことも少なくなかった。

そんなとき、彼の笑顔から放たれる温かさはいつだって私を救ってくれた。電子レンジで一気に解凍するのではなく、太陽みたいにじんわりとほぐしてくれるような温かさに、私は何度も助けられている。

「別にいいけど。買いたいものでもあるの？」

「春服欲しいんだよね、最近暖かくなってきたのに丁度いいの持ってないし。そろそろ要るくない？」

自宅を脳裏に投影して、クローゼットの中を物色してみる。

「言われてみたら……たしかにないや。ていうか、最近、買い物自体あんまりしてなかったな。家にいても蓮のスウェットばっか使ってたし」

「でしょー？　ルミネか古着屋、軽く寄ってこうよ。ついでにヴィレヴァンも」

「行こっか。でも今、正直あんまり余裕ないんだよなあ」

私は口座の数字を思い浮かべた。今まで貯めてきたなけなしのバイト代は、就職活動で着々と削れていっている。

就活というその後の人生の道のりを決める人生最大級のイベントは、想像していたよりもずっとお金がかかった。交通費、リクルートスーツ代、エントリーシートに貼るための証明写真代、飲食代、その他雑費。この出費がこれからも続くのだと思うと、胃の辺りがキリキリと痛む。

すると、私の気持ちを読んだかのように蓮がニヤリと笑った。

「今日は俺に任せてよ。いつも迷惑かけてる分朱里のも俺が買うから。そうだ、お揃いのTシャツ買うとかどう？　もちろん俺が出すし」

「蓮が？　どういう風の吹き回しよ、それ。今だって、そんなに余裕ないんじゃないの」

「いやーそれがさ。ここだけの話、ちょっとした臨時収入があったんだよね」

蓮は自分で染めたというミルクティー色の襟足を人差し指でくるくると回す。目は合わせない。

「臨時収入ってなに？　やばい金？」

「やばくないって」

なんだよやばい金ってー、とわざとらしくおどけて、私の肩に手を回す。その仕草は、どこかいつもの彼らしくない。

「よく分かんないけどさ、変なことはしてないんだよね？　とりあえずルミネ向かおっか」

「してないから安心して。ほら、いこいこ」

蓮の手のひらは私の肩からするするっと下りて、自然に私の手の指に絡み付いた。私もそれを拒まない。

臨時収入。なんてことはない言葉が、やけに脳裏にこびりついている。

ルミネの入り口はJRの改札の真横にあって、混雑から一足先に抜け出すと、スーツ姿の私とスウェット姿の蓮を半透明なガラスが映し出した。はたから見たら私たちはどんなふうに見えているんだろう、と思ったけれど、わざわざ口には出さない。

ガラスの重たいドアを押すと、中から化粧品売り場特有の上品な匂いがほのかに香った。興味をそそられたけれど、女性向けの階はあまり居心地が良くないのか、彼はよそ見もせずに私の手を強く引いて進む。

長いエスカレーターを上りきると、さっきまでとはうってかわって蓮の雰囲気が変わったのが感じ取れた。分かりやすく彼の足取りは軽く、その背中を見ているだけでも来てよかったな、と思う。

私たちは店内をゆっくり見て回る。店員はすれ違っても会釈するだけで、無理に話しかけてこようとしない。

淡い黄色の暖かみのあるセーター。フォーマルなワイシャツにも合わせられそうな薄い墨色のベスト。隅の方には、少し季節外れにも思えるオーバーコートが値引きの札を垂らしていた。無意識に、ウィメンズよりもメンズのものばかり見てしまう。自分が欲しいものよりも先に、蓮に似合いそうな服が目に飛び込んでくるのだ。頭の中で蓮に一通り試着させて、似合いそうな淡い橙色《だいだいいろ》のセーターを彼に押し付けた。

「これいいんじゃない？　似合うと思うんだけど」

「お、こんなかわいいのよく探してきたね」

「センサーがびびっと反応したんだよね」

「朱里センサー、有能すぎるって」

蓮は襟にあるサイズを確かめて、

「でもさ、セーターって合わせ方むずくない？」

その着こなし方に頭を悩ませる。

「優しめの色に合わせればいいんじゃない？　無理なら私がコーデしてあげるし」

私は続けて蓮に合いそうな春服を見繕っていく。蓮がお母さんみたいだなーと呟いたのを、聞こえなかったことにする。

ふと、何の変哲もないワンピースが目に飛び込んできた。少しくすんだ白色でありながら、それでいて存在感がある。いつもならスルーするはずなのに、その色合いと品の良さに引き込まれて、何故か遠い昔の記憶が蘇る。

シンデレラ、絵本で何度も読んでたな。

物心もつかなかったくらいの頃、私はアイドルだとか歌手だとかよりも、何故か絵本で読んだシンデレラに強い憧れを持っていた。たぶん、シンデレラが着ていた華やかなドレスに、惹《ひ》かれていたのだと思う。

シンデレラは一夜限りのパーティを終えて、みすぼらしい姿に戻っても、義姉妹に虐《いじ》められても、王子様が助けに来るのをずっと待ち続けた。そして、ある日王子様がガラスの靴の持ち主を捜しに来て、正体がシンデレラと分かるとその狭い家から連れ出し、やがて二人は幸せに暮らした。今思えばご都合主義にも思えるそのハッピーエンドだけれど、子どもなりに、私もいつか王子様に出会えるんだと夢見ていた。

流石に今もそのメルヘンな感情を引きずっている訳ではないけれど、ふと考え込んでしまう。

隣で服を眺める彼は、はたして私の王子様なんだろうか。

「それよりさ、このTシャツよくない？　色も三パターンあるみたいだし、余裕でお揃いできちゃうよ」

そう言って蓮が手に取ったのは、胸元に大きく猫があしらわれたかわいらしいTシャツだった。

「えー、蓮にしてはセンスいいじゃん」

「にしては、とかやかましいわ。でも猫好きにこのデザインはたまらん」

彼の満足そうな表情を見てふっと腑に落ちる。私も実家で猫を飼っているから人並み以上に好きだけど、蓮の猫好きは、出会った頃から少し常軌を逸していた。

彼は道端で野良猫を見かけると、私の存在を忘れる。猫と自分だけの世界に入り込んで、高い背を屈ませて忍び足で追いかけながら、どこから出しているかも分からない高い声で「おいでー」と口にしながら猫に近付いていく。大抵は逃げられて口を尖《とが》らせて帰ってくるけれど、たまに人懐っこい猫に遭遇するとそのまま五分間は動こうとしない。

そんな彼の口癖は「いつか絶対猫を飼う」だった。

「わかった、これにしよ。わたしピンクがいいけど、蓮は？」

蓮はオフホワイトのと青みがかったグレーのとを掲げて見比べている。

「朱里ん家《ち》のゴロちゃんって、サビ猫だよね」

「そうだよ。そういえば、前に写真見せたっけ？」

彼は頷きながらニヤッと笑って、選ばれなかった方をラックに戻した。手元にはグレーとピンクのTシャツが残る。

「俺、ゴロちゃんとお揃いの色にするわ。これで、朱里ともゴロちゃんともお揃い！」

蓮が何を言おうとしていたのか薄々分かっていたのに、思わず笑ってしまう。彼のこういうお茶目な所が、私は好きなんだ。

「買ってくるから、店内ぶらつきながら待ってて」

何着か服を手にしたところで店員に声をかけられて、彼はレジまで誘導されていった。跳ねる後ろ姿を眺めながら、ざらついた感情がふつふつと湧いてくるのを自覚する。今までは互いに余裕が無かったから、どこへ行くにも何を買うにも割り勘という方法を取っていた。こうやって彼が率先して支払いをしてくれる姿は、正直見慣れない。お金を出してもらって喜ぶべき立場なんだろうけど、素直に受け入れられない自分がいる。

臨時収入。

考えないようにしていても、どうしてもその言葉がよぎる。一度でも意識してしまうと、さっきの彼の言い方もなんだかわざとらしく感じられてきた。

バイト以外で、一度にお金が入ってくる仕事なんてあるんだろうか。一瞬、ママ活という言葉が浮かんで、どくんと心臓が弾む。まさか、ありえないとは思うけど。大学の知り合いの知り合いくらいの人がパパ活やママ活をやっているらしいとか、噂では聞いたことはあっても、現実感は全くない。

ママ活。臨時収入。

浮かんできた単語を慌てて打ち消す。大丈夫、そんなことがあるはずがない、だって彼は、私にとっての王子様なんだから。

蓮が会計を終えて小走りで駆け寄ってきた。手にぶら下げられた袋は何故か二つある。

「なんで二つあるの？」

「いや、せっかくだから朱里のはプレゼント包装してもらった。ほい、いつも迷惑かけてるけど、一緒にいてくれてありがとね」

ロゴの入った袋を受け取ると、持ち手に残っていた熱がじんわりと伝わってくる。だけど、彼から放たれた熱は、温かさは、いつもみたいに違和感を打ち消してはくれなかった。

○

「オーディション行ってくるわー」と、いつもみたいに気の抜けた声を残して蓮が家を出たのが、三時間前のことだった。

　今年もまた花粉が猛威を振るおうとしているとテレビでキャスターが伝えて、コタツをそろそろ仕舞おうか悩みながら、私は新たに受ける企業宛のエントリーシートを書き進めていた。一部上場、完全週休二日、定着率九十五パーセント以上、家賃補助あり。世間でホワイトと呼ばれるその条件を満たそうと十社以上は受けていたけれど、未だに私は内々定を取ることができずにいた。

　メールに表示された、何度目かも覚えていない【今後のご活躍をお祈り申し上げます】という文章を視界の端で捉えながら、こっちから願い下げ、と呟いてすぐさまゴミ箱へフリックする。就活はいわばマッチングで、どうしても合う合わないがある。そう自分に言い聞かせることでなんとか心の平穏を保ってはいたけれど、選ばれなかった、という事実は祈られる度にたしかに胸の奥に傷として残っていた。今はとにかくエントリーを増やすしかない。覚悟を固めると、そのタイミングを狙ったかのようにスマホが小刻みに震えた。同時に音楽が流れ、画面には蓮の名前が表示される。

　蓮という人間は、普段電話というツールを全くと言っていいほど使わず、急ぎの用件があったとしてもラインで済ませてくるタイプの人間だった。そんな彼がいきなり電話してくるシチュエーションは限られていて、声のボリュームで私はなんとなく内容を察した。

【朱里、俺オーディション受かった！　小さな劇場の舞台なんだけどさ。主役なの、主

役！】

胸の奥の傷が、ズキリと痛む。

【だから今日お祝いで飲みいこうよ！　たぶん帰るのは遅くなっちゃうから、夜中でも余裕で開いてる居酒屋にしよ。一軒いいとこ知ってんだよね。地元の人しか来ないようなとこなんだけど、予約しなくても絶対入れるし】

蓮は、返事をしない私を待たずに一方的に捲し立てた。喉が施錠されたように締まって、うまく声が出せない。

【まだ上の人と話しなきゃいけないみたいだから、一旦切るわ！】

それだけ言い残して、電話は切れる。

私は、返事をする間もなくて良かったと、本気で思った。

耳元にはスマホの発する熱が残っていた。夢を掴もうとしている人特有の希望溢れる声が頭の中を反響して、テレビからは花粉情報が流れ続けていた。目に飛び込んでくる情報が、耳に聞こえてくる情報が、頭の中をぐるぐると無意味に回った。

彼の夢が叶うのだから、おめでとう！　と、蓮と同じテンションで返せるはずだった。一切濁りのない気持ちで、彼のことを祝えるはずだった。何故かその簡単な五文字が言葉になってくれなくて、代わりに、じわりと滲んだ。蓋をしていたはずの嫌な感情が、胸の奥に隠しておいた傷が、外気に曝《さら》された。

蓮はいつだって選ばれる側だ。就職をしないという選択がさらりとできて、オーディションにも選ばれて、何をやってもそれなりに上手くいって、沢山の人に囲まれて、そこまで悩むような事もなく、これからも少しずつ、それでいて確実に、夢を形作っていくんだろう。

私はいつも選ばれない。就活は上手くいっていない。焦りだけがどんどん募って、蓮のオーディション合格の報告すら喜べない。いつか彼から愛想を尽かされるんじゃないか、そんな不安に駆られている。

【御社の魅力的な商品を、自分のマーケティングで世の中に広めていきたいです。】

エントリーシートに書かれた薄っぺらい志望理由をみて思わず紙を破りそうになる。社会に出てやりたいことなんてある訳がない。フリーターで役者を目指している蓮を私が経済的に支える、それだけが私の志望理由で、与えられた役割なのだから。

「迷惑かけることも沢山あると思うんだけど、隣で支えてくれないかな」

蓮が公園で夢を打ち明けてくれたときの言葉が今でも甘ったるく耳に残っていて、同時に怖くなる。もし蓮が私の助けなんて必要なくなったら、一体どうなるんだろう。彼が一人でも生きていけるようになったら、そこに私の存在価値はあるんだろうか。

王子様に選ばれたシンデレラ。選ばれなかったそれ以外。

私はどっちなんだろう。大切な人から選ばれないことは、何よりも怖い。

○

ＪＲの横浜《よこはま》線沿いを南に進んで行ったところに蓮の言う居酒屋はあった。周りを民家に囲まれてぽつんと佇む店の前には無意味に数本ののぼりが立てられていて、ドア代わりの網戸からは「地元で愛されています」という匂いがぷんと漂ってきていた。

店内は、夜中の二十三時をまわっているにもかかわらず騒がしかった。そのうるささは若者によるものではなく、終電という概念とは縁のない地元のおじさんやおばさんたちが集まってきていることに由来しているようだった。私たちが店に足を踏み入れたときも、地元の常連らしき人たちが物珍しそうにこちらを眺めていた。

一人でキッチンもホールも切り盛りしているらしき店主が、ポケモンのシールが何十枚と貼られた小型の冷蔵庫からお通しを取り出して持ってくる。お通しにしては大盛りのスパゲッティ。一口食べて、別に実家で同じものを食べたことがあるわけでもないのに、やけに懐かしい気持ちがむくむくと湧き起こる。

蓮は、一杯目のビールを注文してから忙しそうにスマホを弄り続けていた。お通しのスパゲッティにも手をつけず、彼の手のひらはビールの注がれたジョッキとスマホとを行き来するばかりで、メニューに興味を持つ素振りすらない。彼の代わりに年季の入ったメニューをながめていると、【本日のおすすめ】・なめろう・鮭とば・ホタルイカの沖漬け・目光《めひかり》の天ぷら、と渋めの品目が目立った。

私はメニューの隙間から蓮の様子を窺う。向かい合って座っているから、スマホで何を操作しているのかは分からない。

分からないけど、分かる。きっと、オーディションに受かったことを誰かに報告しているのだ。覗き込めば簡単に見えるだろうけど、それはしない。蓮がいまラインをしている相手が誰であれ、彼が一緒に祝いたいと思って選んだ相手は紛れもなく私なのだ。その事実さえあるなら、私は何も追及しない。この席だけは誰にも渡すつもりはない。

「でもさあ。公園でも良かったのに」

スマホを片時も手元から離さない彼に、痺《しび》れを切らして話しかける。

「ん、ちょっと待って。……ごめん、もっかい言って」

蓮は液晶画面を下にするようにして、ようやくスマホをテーブルに置く。

「ほら、前話してたじゃん。蓮のオーディションが上手くいったら芹ヶ谷公園でまた飲もーって。だから、そっちで祝うのでもよかったなあ」

「あー、そういや言ってた、っけ？　でもま、せっかくの機会だしさ。どっか店入って食べたいじゃん」

彼はジョッキを持って、飲み口に唇をつける。

「でも、公園も行きたかった」

「ビールうんまー！　ま、とりあえずまた今度いこうよ。ほら見てみ。この店珍しいおつまみが沢山あるんだよ。初めてこの店来たときからさ、朱里に食べさせたいなって思ってて」

彼は遮るように言ってから、ようやくメニューに手をかける。

私は別に、この居酒屋が気に入らない訳ではなかった。むしろ、顔を知らない常連たちの喧騒も、昭和を感じさせるようなレトロな雰囲気も好きな部類に入る。

それでも、公園で二人きりで、ストロング缶を片手にダラダラと過ごす夜に強く焦がれてしまった。彼にとっての約束はその程度のものだったんだろうか、なんて、いつもなら余裕で流せることが今日はやけに引っかかる。

「これこれ、メヒカリの天ぷらってやつ。ほんっとにうまくてさあ、食べたことある？　俺今日で二回目なんだけど、完全にハマっちゃったわ」

メヒカリ、という聞き慣れない言葉に意識が戻される。そうか、目が光ると書いてメヒカリって読むのか。

彼は慣れたふうに店主を呼んで、メヒカリの天ぷらと、ポテトサラダと、あともつ煮、それとビールのお代わりください、朱里ほかなんか要る？　と促す。私が首を横に振ると、店主は慣れたふうに注文を繰り返して厨房《ちゅうぼう》へ去っていった。

「前もここ来たことあるんだっけ？」

「ん、そうそう。友達に連れられてね。初めてここの天ぷら食べたときは、ほんと衝撃だった」

ジョッキを持つ手に力が入って、きゅ、と音が鳴る。

友達。便利な言葉だな、と思う。

蓮が初めてこの居酒屋に訪れたときの、友達。きっと気にし過ぎなんだろうけど、魚の骨が喉に引っかかってしまったときのような不快感が微かに残る。

バイトの知り合いか、役者繋がりか、はたまた違うコミュニティの人か。私は何も知らない。分からないけど、彼が友達と表現するということは、名前で言わないということは、つまりはそういうことなんだろう。

私の悩みなんてつゆ知らず、蓮はうまいうまいとメヒカリの天ぷらに手をつける。

その友達って男なの？　女なの？　何も気にしていないふうを装って、聞いてしまえたら楽だろうなと思う。「それ誰なの！」と、お酒で酔ったせいにして言えたらいいのにと、いつも思う。

それでも私は、聞く聞かないの選択肢を放棄してしまう。

お酒のせいか、それともオーディションに受かった興奮のせいか、蓮の頬は既にほんのり赤く染まっていた。ジョッキの交換が四回目に差し掛かっても彼のペースが落ちる気配は一切なく、自分のことのように心配になる。

蓮が店主から届けられた五杯目のビールを呷って、ポケットからタバコを取り出した。

私がじっと見つめると、「あーここ、喫煙可だから。このご時世、めっちゃ助かるよな」

と言ってライターに火をつける。遅れて、慣れないメンソールの匂いがぷんと鼻についた。

「でも、蓮って居酒屋たくさん知ってるね」

蓮がポテトサラダを箸《はし》でつまむ。

「なんか最近ハマってんだよね。こういうディープっていうのかな、地元に愛されてるみたいな雰囲気の居酒屋。よくない？　んで、いつか店主に認知されたいのよ。常連さんって思われるのが夢」

私も追うようにポテトサラダをつまむと、丁度いい塩気が胃袋を刺激した。

「それは分かるかも。わたしも、いつもの！　って言うやつ、やってみたいもん」

「どんくらい通えば常連って思ってくれんのかな」

「……週三とか？」

「よし分かった。明日も来よう」

「そのペースで居酒屋通ったら肝臓死ぬよ？」

テンポのいい会話をアルコールで流しながらメヒカリの天ぷらを口に放り込むと、しつこくない脂の甘さが舌の上で弾けた。

「えっ、なにこれ。このメヒカリ、美味しすぎるんだけど。脂乗ってるっていうか」

「でしょ！　これ一度食べたら当分の間忘れられないのよ。朱里、絶対また一緒に来て食べような」

「うん、絶対来よ。また連れてきてよね」

　蓮は付き合いたての頃から「絶対にまた一緒に行こう」という言葉を癖のように使った。満面の笑みを浮かべながら毎回その魅力的な言葉を吐くものだから、その度に私は期待した。そして、その絶対が言葉通りになったことは、数える程もなかった。

　付き合いたての頃に行った水族館も、みなとみらい駅にある名前も忘れた遊園地も。彼は「絶対また行こうね！」と言ったけれど、二回目は今のところ訪れていない。この居酒屋も、二回目がくるかどうかはかなり怪しい。

　でも、それでいいのかもしれないとも思う。本気でそう思ってくれているのか、その場限りで喜ばせようとするリップサービスなのか、蓮の本音は分からないけれど、それでも彼の「絶対にまた一緒に行こう」の一言で、私はそのいつかを夢見ることができるのだ。


「でもなー、これから忙しくなるかも」

　不意に蓮の視線が宙を浮いた。私はその先の言葉をなんとなく予想できていて、彼が欲しいのだろう言葉を丁寧に選ぶ。

「やっぱり稽古《けいこ》、忙しくなりそう？」

「稽古もそうなんだけど、バイトも入らなきゃだし。夜も遅くなるから、たぶん今までみたいに朱里んち帰れるか分からん」

「あー……、そっか」

色あせた扇風機がブゥンと音を立てて回り、申し訳程度の風が首筋を撫でる。

臨時収入。バイト。オーディション。稽古。ここ最近は、蓮と会えない日も増えた。会えない時間が続くと、蓮のなかで私の存在が薄まっていく気がして、怖い。

彼の生活は、私なんかがいなくても充実している。彼の周りはたくさんの人で溢れていて、今回受かった舞台でもまた知り合いが増えるんだろう。彼という名のスポンジは、新しい世界を吸収して、その輪を広げていく。

だけど、どんなに大きなスポンジにも限界がある。大切にできる総量には誰しも限りがあって、いざ絞られたときに弾かれるのは、次こそは自分の番なんじゃないかと思ってしまう。

選ばれたシンデレラ。選ばれなかったそれ以外。

想像しただけで怖い。バイトなんてしなくていいから、私が支えるから、オーディションなんて受けなくていいから、得体の知れないお金なんていらないから、ただ毎日一緒にいて欲しい。これ以上世界を広げなくていいから、ただ隣に私を置いといてほしい。

こういうとき、なんて言うのが正解なのか未だに分からない。本音をぶつけるべきなのか、寂しいと泣いて喚《わめ》くべきなのか。

結局いつもと同じように、私は聞き分けの良い彼女を演じる。

「私は全然大丈夫だから、稽古頑張って。しんどかったら、ちゃんと連絡してよ」

「ありがと。ほんと、頑張るから」

蓮は、私の建て前だけのエールを素直に受け取ってから、銀色の灰皿に、タバコを押し付けた。私は、心の奥底に眠る不安がバレなくてひと安心してから、バレなかったことをほんの少しだけ切なく思った。

蓮よりも私の方が役者に向いているのかもしれない、とも思った。


蓮が会計を済ませてくれて、暖簾をくぐる。外は、まるで空気に水滴がそのまま付着したみたいにじっとりしていた。前髪が額にぺたりと貼り付いていてうんざりする。見上げてみても、昼間の快晴が嘘のように空が雲に覆われている。

「やばい、いま絶対雨降った」

そう蓮が呟いたのを合図にして、ぽつぽつと雨が降ってきて髪の毛を濡《ぬ》らした。勢いは強まっていって、アスファルトを打つ雨音の間隔も狭くなっていく。

「どうしよう、傘持ってきてない」

「俺も持ってないや」

蓮は雨を避《よ》けようともしないで突っ立っている。

「どうする？　どっかで雨宿りしてく？」

彼は、何かが閃《ひらめ》いたかのように手をたたいた。

「このまま走って帰っちゃえ」

そう言ったかと思うと、おもむろに私の手首を握って、雨の振る街に飛び出した。私も彼に連れられるようにして、雨で黒く染まったアスファルトを小走りで駆ける。

「たまにはこういうのも悪くないんじゃない？　なんか、一緒に濡れて帰った日思い出すね」

斜め前を走る蓮が振り返って笑った。私の手を握って、二人三脚しているみたいに進んでいく。彼のおかげで私は転ばない。大の大人が身体中を濡らしながら、信号も無視してひた走る。

蓮といると、全てがどうでもよくなる感覚に包まれる。雨に濡れて額に張り付いた前髪も、濡れたお気に入りのワンピースも、雨が靴下にまで染みてくるのも。未だ得られない内々定も、漠然とした将来のことも、蓮のオーディションのことも、出処《でどころ》の分からない臨時収入も、公園で約束していたことも、いつもと違うタバコの匂いも、何もかもが雨と共に流されていく。隣に蓮がいればどうなったっていい。いたずらっ子みたいに笑う蓮の横顔を見ると、全てを許してしまいそうになる。

でも。私は目を逸らすのは得意だけど、鈍感な訳じゃない。何にも気付いてない訳じゃなくて、気付かない振りが上手いだけだ。

私は自分に言い聞かせる。私は、浮気なんかされてない。

私は、それ以外にはなりたくない。

○

思えば、なりたいものになろうとするんじゃなくて、なりたくないものを徹底的に避けるようにして今まで生きてきた。

　小学校高学年のとき、スイミングと公文《くもん》式のどちらかに通うように親から告げられた。どちらにも全く興味を持てなかった私は、人前で肌を晒したくないからという消去法で公文式を選んだ。高校生のとき、大学へ進学するのか、専門学校で専門分野を学ぶのか、はたまた就職するのか、将来の選択肢が一気に広がった。やりたいことが明確に存在しなかった私は、大学に行けば〝何か〟が見つかるだろうという甘い認識で、学びたいこともないのに大学受験を決めた。

　そんな受け身の姿勢で、自分のやりたいことが見つかる訳が無かった。結局就活に奔走する今も、仕事で何を成し遂げたいかじゃなくて、どんな仕事は絶対にしたくないかという軸で、一生を捧《ささ》げかねない就職先を探している。

　何かを選ぶという行為は、きっと何かを捨てるということだ。自分の世界から、意志を持って何かを切り離す。あったはずの選択肢を人生から削《そ》ぎ落とす。私は、それが怖くてできなかった。

こんな昔のことを思い出したのは、一年ぶりに実家に帰ってきたからだと思う。

久々に嗅《か》いだ畳の匂いが懐かしい。網戸越しに春の優しい風が入ってきて、畳の上に大の字に寝転ぶと、竹の香りが鼻をくすぐった。こうやって寝転んでいると、いつもゴロが用もないのにやってくるのだ。存在を確かめるようにその柔らかい肉球で私のお腹の上を踏みしめて、気が済んだら去っていく。

……けれど、今日はいくら待っても来ない。

ゴロが死んだ。帰って来れる？

実家に住んでいる弟の誠から連絡が来たのが昨日のことで、面接帰りでスーツを着ていた私は、その格好のまま実家に戻ってきていた。

ゴロは家の中を走り回ることもなく、段ボールの中で小さくタオルに包まれていた。いつものように体を丸めて、ただ昼寝しているようにも見えた。

「またいつもみたいに脱走してたんだよ」

いつの間にか隣に誠が来て、ぽつりと漏らす。一年ぶりに会った誠は背丈も伸びて、声も大人びている気がした。

「外出るの好きだったもんね」

誠は小さく頷く。

ゴロは、誠が小学生の頃に拾ってきた野良の子猫だった。元野良という習性もあってか、家の窓の隙間という隙間を探しては、よく外へ脱走していた。最初は逃げ出さないよう家族みんなで目を光らせていたけれど、その包囲網を容易にすり抜け、特に怪我をするようなこともなかったから、猫とはそういうものなんだろうと私たちは長い間黙認してしまっていた。

そして昨日、ゴロは家の前の道路で車に轢《ひ》かれた。誠がその現場を発見したのだという。

「……ちゃんと窓を閉めとけばよかった。いつか戻ってくるでしょ、なんて誤魔化さないで、外に絶対出ないように全ての窓を閉めて、勝手に開けるようならガムテ貼って、こんな事になるなら本気でやっとくべきだったのに。ごめん、俺の責任だ」

何度も擦ったのか、誠の目の下は赤くなっていた。大学進学を機に一人暮らしを始めた私と違って誠は実家に住み続けていたから、私よりもずっと責任を感じているようだった。

「そういう運命だったんだよ。ゴロも幸せだったと思うよ」

亡骸《なきがら》を前に、私は言葉をうまく選べずにいた。おそるおそるゴロに触れたけれど、その眼が開くことはなかった。

畳の上に仰向《あおむ》けに転がっていると、すぐそばにねずみ色の毛が落ちていた。ゴロの毛だと、即座に分かる。猫なのにねずみ色ってなんかおかしいよね、一人で呟きながら笑って、張り詰めていた糸がぷつんと切れた。

ゴロはもういない。ダミ声混じりの鳴き声を聞くこともできない。

涙がぼろぼろと流れて畳に濃いシミを作った。ねずみ色の毛が濡れて光沢を放つ。

今日、ゴロの亡骸を天国に送る。

お父さんの運転に揺られて、ペットの火葬をしてくれるというお寺に向かった。目を腫《は》らした誠が隣で体を縮めて座っていて、膝《ひざ》の上で、ゴロがいる段ボールを大事そうに抱き抱える。

「誠、有咲ちゃんとは上手くいってんの？」

気分を少しでも変えようと、適当な話題を見繕う。

「……うん。そろそろ、三年目になるかな」

「よかったじゃん。ずっと片想いしてたもんね」

「うん」

誠は、長いこと片想いしていた幼なじみの子と上手くいっているようだった。だけど、本当はこの話だって、お酒でも飲みながら笑って話したかった。

「ねーちゃんは？」

「私は、まだ一応続いてるよ」

「一応、なんだね」

車が信号の前で停止した。窓から見える見慣れたはずの街は、一年帰ってきていなかったただけでどこか他人のような顔をしている気がする。

「俺、やっぱ悔しい」

視界の端で、誠の口が小さく震えていた。

「ゴロが死んだのは運命だとかさ、ねーちゃんは仕方ないって慰めてくれるけど。やっぱあれは、俺がちゃんと止めなかったせいだよ」

私は誠から目を逸らして、窓の外を眺める。野良猫がよく群れていた広場には、いつのまにかドラッグストアができていた。

「ゴロとだって、別れを告げる方法はたくさんあったはずなんだよ。いつか寿命で死ぬことくらいは俺だって分かってるよ？　でもさ、それは俺の膝の上だったかもしれないし、ねーちゃんに抱き抱えられてかもしれないけど。少なくとも、道路でひとりで死ぬ必要はなかった」

誠はゴロの亡骸に直接訴えるように、謝るように、言葉を絞り出した。信号が青になって視界が揺れる。掠れた声が、耳にこびりついた。

「別れ方は、選べたはずだったのに」

誠、私はあなたの言う通りだと思うよ。

誠の嗚咽《おえつ》を聞きながら、私は三日前のことを思い返していた。

○

未だに着こなせていないリクルートスーツに身を縛られながら、家までの帰路を歩く。信号待ちをしながらアプリを起動させると、既読の付かないトーク画面が光を放って、ひとつため息が零れた。もしかしたら連絡が来てるかもしれない、なんて期待はとっくに消え去っているのに、それでもまたトークを確認してしまう自分がどうにも情けない。

　蓮からラインの返信が届かなくなって、五日目を迎えていた。会わなくなってから数えると、もう二週間にもなる。おそらく舞台のための稽古とアルバイトが忙しかったのだ、と思う。蓮は昔から忙しくなると分かりやすく連絡を怠る人だった。それ自体不思議なことではないし、私がその優先順位の枠からはみ出してしまっただけの話だ。

　だから連絡が来てなくても仕方ない、彼も頑張ってるんだから私も頑張らなきゃ、といつもなら納得できるのに、何故か今日だけはそう済ませそうになかった。蓮の声を聞かないと、どうにかなってしまいそうだった。

　アパートに着いて、ドアノブの正しい鍵穴の向きをガチャガチャと探る。ハイヒールを玄関に脱ぎ捨てて倒れるようにベッドへ飛び込むと、一昨日着たまま放っておいたワイシャツが目に入った。テーブルには書きかけのエントリーシートがだらしなく放置されていて、今日の面接の風景が甦《よみがえ》る。今日もまた、上手く喋れなかった。質問に、答えられなかった。いつもなら駅まで迎えてくれる蓮の姿も、長いこと見ていない。声も、聞けていない。私の就活には彼の存在が大きかったのだと、今になって痛感する。

もう、限界だ。衝動的に、連絡先から彼の電話番号をタップする。声が聞きたい。今日あったことを聞いてほしい。プルルル、という音が部屋に響いて一瞬ドキッとしたけれど、結局最後まで誰も出ることなく、三十秒ほどで待機音は切れた。

そこで、連絡の取れない歯痒《はがゆ》さと同時に、違和感が頭をもたげた。

もしかしたら、蓮は今家で倒れてるんじゃないか？
五日間連絡が無いのも、電話に出られないのも、どう考えたっておかしい。もしかしたら、ご飯もちゃんと食べることができずに、身体を壊しているんじゃないだろうか。

そう一度思ってしまったら、もう疑念を疑念のまま留めておくことはできなかった。スーツも着替えずに靴を履き直して、ドアを弾《はじ》くように開ける。まだ終電までは余裕がある。彼の家に、会いに行こう。いざ彼に会えると思うと、さっきまで面接で疲れていたはずなのに、俄然《がぜん》力が溢れてくるような気がした。

もしかしたら私が勝手に不安になっているだけで、案外蓮は一人で上手くやっていて、
「あれ、どうしてここにいるの」と寝ぼけた顔で笑いかけてくるのかもしれない。「ごめん、疲れてライン返すの忘れちゃってたね」と、懐っこい笑みを浮かべてへらへら謝ってくるのかもしれない。

それならそれでよかった。杞憂《きゆう》で終わるのなら、それ以上のことはない。
そうして、お酒の臭いをさせるサラリーマンに囲まれながら、小田急《おだきゆう》に三十五分揺られて蓮の家のある街を訪ねた。

改札を抜けると、蓮の住む街は相変わらずサブカルチャーで溢れていた。古着を身にまとった若者、ギターケースを背負った集団、路上でタバコを吸う学生、カルチャーごとにまとまりを持ちながらも、互いを侵食することはせず、終電近くでも緩やかな空気が漂う。

まずねー、改札を出たら右に出てみて。そしたら小さな劇場がある路地があるから、そこに入んのよ。ずーっと真っ直ぐ進むと地下に繋がるライブハウスが見えてくるから、その角を左に曲がって。ほら、いい匂いしてこない？　ここがスープカレー屋で、いい感じの古着屋が並んでて……そのまま進んでいけば、はい、俺ん家のアパート。ボロいとか言うなよー。

出会ってすぐの頃蓮が教えてくれた家までの道のりを、埃のかぶっていた記憶の中から丁寧に取り出してなぞる。

なんとなく見覚えのある路地を見つけて入ると、こぢんまりとした劇場が目に映った。緑色の掲示板に大小さまざまなポスターが貼られている。彼もいつかこんな場所で芝居するんだろうか。壇上に登る姿を想像してみると、誇らしくて、同時に胸が締め付けられた。

彼の芝居をいつか間近で観ることができたら、この妬みの混ざった感情も変わるんだろうか。そうだったら良いなと心から思う。

……あれ？

ふとした違和感に、立ち止まって右左、と首を振る。何人か通行人に追い越されて、私だけが異質な空間に投げ込まれたような気分になる。

次に目印にしようとしていたライブハウスが、どこを探しても見当たらなかった。記憶の中の彼は間違いなく案内してくれていたし、周辺にある古着屋やこの街にしか無さそうな独特なネーミングのカラオケ屋には、たしかな見覚えがある。

目印のライブハウスだけがこの街から消えていた。多くのバンドが音を掻き鳴らしてきたはずのその場所は、最初から何もなかったかのように、一面砂利の埋め尽くす空き地になっていた。

私は祈るようにサイトで検索する。電波が良くないのかスマホが数秒遅れで光を放つ。

【２０２０年をもって閉店しました】

味気のないフォントが残酷に揺れる。きっと、永遠に続くものなんて存在しない。

余計なことはしない。彼の大切にしている部分に踏み込みすぎない。そうやって器用に生きてきた。舞台だって、彼から誘ってもらえるまで観るつもりはなかった。なのに、なんで私はいきなり蓮の住む街へ向かったんだろう。なんで衝動を止められなかったんだろう。目を瞑って、耳を塞いで、何も知らないふりをしていれば、選択肢から逃げながら、これからも彼の隣にいられたはずだったのに。

剝《む》き出しになった心臓が、耳のすぐ真横でだくだくと動いた。額から季節外れの脂汗がぷつぷつと滲んで、走った訳でもないのに動悸《どうき》が止まらなかった。足がアスファルトに根を張り巡らせて、その場に留まることを要求して、目の前に広がる地獄のような光景から目を逸らせないでいた。その光景は紛れもなく私が初めて目にしたものだったはずなのに、私はその光景を、ずっと前から知っていたような気もした。

横断歩道の向こう側で、蓮が、知らない女と、手を繋いでいた。

彼が教えてくれた道中、人混みにもかかわらず蓮の姿に気付けたのは、きっと私が常に彼のことばかり考えていたからだった。ワックスを付けていないのにふわふわした髪と、ブリーチされた長い襟足、細身というよりはひょろついた体型、Tシャツの袖《そで》から細く伸びる血管の浮いた腕と、弛《ゆる》めのカーゴパンツ。特徴は全て頭の中に叩き込まれていて、私は彼がどこにいたとしても見つけられる自信があった。そしてそれがまさか仇《あだ》になるなんて、思いもしていなかった。

見間違いであってほしい、という切なる願いは聞き入れられることはなかった。交差点の向こう側で信号待ちをしていたのは、間違いなく蓮だった。

グレーのTシャツの胸元には、猫が刺繍《ししゅう》されていた。どんなに離れていても、私がそれを見間違えるわけがない。彼を蓮だと証明してくれたのは、皮肉にも、彼がお揃いで買ってくれた特別なTシャツだった。

私の視線が集中する先で、古着のトレーナーを着た女の子は楽しそうに蓮の身体に引っ付いたり離れたりした。彼らは指と指を恋人のように絡めた。

頭はその場から逃げることだけを考えていたのに、身体は何かに呪われたように動いてくれなかった。目の前で強制的に流れる映像をどこかへ追いやりたいのに、身体は全く言うことを聞いてくれなくて、足が動かなくて、目も逸らせなくて、スマホでその証拠を撮ろうだとか、そんなふうに頭も回らなくて、私はただその地獄を、ずっとずっと眺めていた。

見れば見るほど、その二人はただの友人ではないのだとわかった。蓮は私に気付きそうな素振りもなく、脇を小突きあって――

不意に信号が青に変わったことを知らせるメロディが流れて、金縛りが解けた。即座に振り向いて、蓮のいない方へ、駅から歩いてきた道のりを、私は全速力で走った。汗が身体中から噴き出て、前髪が額にへばりつく。すれ違う人に怪訝《けげん》そうな目で見られたけれど、構わずとにかく走った。一度でも立ち止まったら、振り返ったら、すぐ後ろに手を繋いだ彼らがいるような気がして、それが怖くて走り続けた。

ライブハウスの空き地を横目に通り過ぎる。

この世に永遠なんてものはない。

そんなことは分かってた。

蓮の気持ちはもう私の方を向いていない。

それも、分かってた。

選ばれたシンデレラ。選ばれなかったそれ以外。

私は、どちらなのか。

頭が割れるように痛んだ。心臓が直接叩かれるように痛んだ。コンクリートの段差で転んで、膝頭に痛々しい線が入る。じわりと赤が滲んだけれど、誰も手を差し伸《の》べてくれない。「何やってんの、ほら」という優しい声が聞こえない。いつも私の手を取ってくれた人が、隣にいない。足元を見やると、ヒールの先端が折れていた。

聞き慣れない音が聞こえた。駅員が改札の外にまで出て、大声で終電を知らせている。

気付けば、時刻は零時を回っていた。

○

一年半時間を共にしただけでこんなにも蓮の荷物が増えるのかと、部屋を片付けていると実感が湧いてくる。私の部屋にある荷物の三割くらいはおそらく彼の私物が占めている。彼がお気に入りだと言っていたビッグシルエットのTシャツ。酔っ払って持ち帰ってきたコカレロのリキュール。ゲームセンターで取ってきたハムスターのぬいぐるみ。いつか、彼が演じていた舞台の台本。段ボールに彼の荷物を詰めていく。

……すごいよなあ、役者って。結局最後まで彼の芝居を見ることは叶わなかったけれど、今でも公園で彼が語った夢を思い出せる。

この人みたいになりたい。私が蓮に抱いた感情は、きっとそれだった。真っ直ぐに役者という夢を追いかける彼の姿勢は、私の人生を捧げたいと思うほどに眩しくて、心の底から羨ましかった。

そして、私は彼に選ばれたんだと思い込んでしまった。彼を支えることが自分の夢だと都合の良い解釈をして、彼が敷いたレールにタダ乗りしてしまっていた。

でも、きっとそれじゃ駄目だった。私はシンデレラではなかった。それ以外でもなかった。私は、私だ。これからは、選ばれることに執着するんじゃなくて、選ばれないことを怖がるんじゃなくて、自分の意思で勇気を持って何かを選んでいかなきゃいけないんだ。

会社も、恋人も、別れ方も、何もかも。無数の選択肢から、私が、選んでいくんだ。

蓮には、別れることは告げずに、荷物だけ送って姿をくらますつもりでいる。だって、別れ話なんてしたら、彼の人懐っこい笑顔を一目見たら、何もかもを許してしまうかもしれないから。私が急に目の前からいなくなったら、彼も少しは自分の行いを悔やんでくれるだろうか。それとも、邪魔者がいなくなったとでも思って、あの女の子とくっ付くんだろうか。

何本か中途半端に残っているメビウス。何故か一足だけある靴下。いつだったか、芹ヶ谷公園で撮ったスナップ写真。

芹ヶ谷公園も、結局あの冬の日から訪れることはなかった。これからは私が面接に合格しても、蓮が役者として成功したとしても、あの場所でお酒を酌み交わすことはない。

写真を段ボールに入れるべきか迷っていると、ブブ、とスマホが鳴った。画面には見慣れない電話番号が表示されていて、一瞬出るべきか迷う。

「もしもし？」

【もしもし、株式会社Ｓ＆Ｄの人事担当の田中と申します。潮見朱里さんでお間違いないでしょうか。……はい、先日行った最終面接の結果ですが、内々定という結果になりましたので、そのご連絡になります】

指先からふっと力が抜けて、スマホを落としそうになる。反射的に立ち上がって、段ボールをテーブルの脇に追いやり、ベッドに寝転んでいる蓮に報告しようとして——

……ああ、そうか。もう蓮は、いないんだ。

テーブルの端の方に落としたスナップ写真には、笑顔の二人が収まっている。

ナイトクロージング

幕が上がる直前の暗闇は、いつか彼女と公園で眺めた夜の空みたいだなと思う。明かりの一切ない、何もかもを吸い込んでしまいそうな深い墨色。この幕の向こう側では、舞台を楽しみにする客が今か今かと待ち構えている。

俺がこの舞台で最後にしようと思っていることなんて、誰も気付いていないだろう。観客を前に、全身がほどよい緊張感に包まれているのが分かった。深く口から息を吸う。胸の辺りがきもち膨らんだのを確認して、またゆっくりと息を吐く。繰り返していると、不規則だった心臓の音は次第に落ち着いていく。

芝居に臨むとき、俺はいつだって頭の中にオンオフ式のスイッチをイメージする。押すと片方が飛び出てくるタイプの、玄関を入ってすぐの壁にあるようなやつ。頭の中でオンの方のスイッチを思いきり押すと、もし台詞を飛ばしたらだとか、そういう心配事は頭から追いやられて、自然と役に入り込むことができる。

なのに、今日はいくらスイッチを押しても集中し切れずにいた。ついさっきだって、舞台袖に小道具を忘れそうになったのを先輩に注意されたところで、スイッチを切り替えるイメージを何回も膨らませてはいるけど、舞台よりも気がかりなことが頭をよぎって邪魔をしてくる。

舞台が明転して、出番が先の先輩が台詞をすらすらと喋《しゃべ》り始めた。……やっぱり上手い。舞台袖にいても分かるくらい声がよく通っていて、身のこなしもすごく丁寧だ。

俺は先輩に続いて舞台に上がって、ピンスポットライトに照らされる。この瞬間はいつだって、芝居をやっていてよかった、と身体全体で感じる。劇場にいる全ての人が自分に注目して、次の台詞を、次の動きを、待っている。ぞわと全身の毛が逆立つ感覚があって、否が応でも足の指のつま先にまで力がこもった。覚悟を決めて、観客一人一人に届くよう喉を震わせる。

舞台の上からは、思っている以上に客席がよく見渡せる。俺は先輩との掛け合いを続けながら、客席の中に無意識に彼女の姿を探してしまう。

潮見朱里。

そこに、大好きだったセミロングの髪型は見当たらない。

○

朱里の住んでいた街が俺はお気に入りだった。

平日の昼間から制服を着た学生が立ち並ぶ、商店街の入り口にあるクレープ屋。夕方頃から強烈に匂いがぐんと増してくる、路地前にあるお茶っ葉屋。裏道を少し入ったところには鶏肉や豚肉を並べて売っている肉屋があって、クリスマスには分かりやすく仕事帰りのサラリーマンが行列を作った。幅の狭い路地を進むと、レトロな雰囲気を前面に押し出した古着屋があった。古着特有の癖になる匂いは店外にまで溢れ出て、目当てのものがないのに寄ってしまうことも少なくなかった。

　朱里の家にたどり着くのさえ毎回一苦労だった。いくつもの誘惑が襲ってきて、大抵はそれから逃れることはできない。映画館がない、という唯一の欠点を除けば、ただ歩いているだけでも充分に楽しめてしまう街だった。

　朱里は大学の講義の合間を縫って、俺はアルバイトとオーディションの合間を縫って、貪るようにして時間を共にした。あの頃、俺の生活の中心は朱里で、朱里の生活の中心は俺だった。金に余裕のなかった二人にもその街は優しかった。商店街にはいつでも面白そうな店が連なって、見慣れたはずのルートは散歩する度に新しい発見があった。

　歩道橋から眺める夕焼けは、梅雨の時期が一番綺麗だった。古い店構えのたい焼き屋は、夏限定の抹茶チョコ味が飛び抜けて美味しかった。秋の小雨に遭って雨宿りしようと裏道に入ると、アンダーグラウンドな気配を漂わせたゲームセンターがあった。雪の降った翌朝、一面真っ白な雪の上に猫の足跡を見つけた。

　一人なら素通りしてしまいそうなありふれた景色が、朱里が隣にいるだけで魅力的な存在へと姿を変えていた。

　そんな俺たちの散歩には、ちょっとした約束事があった。それは、大学から電車で帰ってくる朱里を俺が駅まで迎えに行ってから散歩を始める、というものだった。

日本中が大きな蓋をされて蒸されているんじゃないか、なんて思ってしまうくらい暑い日、俺はいつものように改札の前で朱里の大学からの帰りを待っていた。九月の終わりに差し掛かってセミの声はもう聞こえなくなっていたのに、気温だけが空気を読まずにいて、テレビを付けるとどのチャンネルもこの天候は異常気象だと騒ぎ立てていた。

首元につたう汗を腕で拭《ぬぐ》うたびにまたじんわりと滲んで、Ｔシャツが肌にべたと張り付く。どうにかして背中に風を送ろうと裾を引っ張ったり扇《あお》いだりしていると、改札の中から見知った顔が飛び出してきた。

何故か朱里はジーンズに丈の長いロンＴという季節はずれな格好をしていて、彼女自身は不快そうに裾をたくしあげる。

「その格好、見てるこっちが暑くなってくるんだけど」

「ほんとやらかしたー！　昨日肌寒かったから暖かめにしたのに、完全に裏切られた」

彼女は、夏の終わりにありがちな昼と夜の気温差に引っかかった文句を俺にぶつける。恨めしそうな彼女を宥《なだ》めながら、二人でいつものように階段を上った。

駅前の広場に着くと、乾いた空気が二人の間を通り抜ける。そのまま商店街へと入ると、パチンコ３０１、おかしのまちおか、マツキヨ、焼売《シューマイ》専門の居酒屋、ゲームセンター、選《え》りすぐりの楽しげな電光看板が次々と誘惑してきて、「寄ってく？」「いや金ないでしょ」なんて、情けない会話をしながら、ときに足を止めながら進んでいった。

大きめの交差点に行き着くとちょうど青色が点滅していて、立ち止まって辺りを見回してみる。そこで、見慣れた光景に思える視界の端に、白黒で描かれた看板を俺は捉えた。

【☝☝交差点を左折して８００ｍ先、芹ヶ谷公園あり☝☝】

一人では何十回と通ってきた道なのに、その地味だけれども巨大な地図看板に気付いたことは今までになかった。どうやら朱里が隣にいると、俺の視界はいつも以上に広がってくれるようだった。

俺は何も言わずに、８００という数字を指で指し示す。朱里は俺の指の先をなぞるように追ってからまじまじと見、ふたりで顔を見合わせた。

「芹ヶ谷公園だって。行ってみる？」だなんてわざわざ口にして確認することはしない。改札で待ち合わせた瞬間からその予定は決まっていたかのように、信号を待つ群れから抜けて交差点を左に曲がる。朱里と一緒ならどこへでも行けるし、何だってできるような気がしていた。二人が揃えば怖いものなんてないと思えた。

左折した先にある、都内にしては駐車場の広いセブン－イレブンで涼む。俺は期間限定販売と書かれた五百ミリリットルのストロングメロンを手に取る。朱里はいつもと同じレモン風味の方を小さな手のひらで転がした後、おつまみコーナーから野菜スティックを選んでカゴに投げ入れた。

　朱里はいつでも同じ味を好む人だった。新発売だとか期間限定と書かれたものよりも、経験上美味しいと分かっているものを決まって選んだ。挑戦よりも、安定を選ぶ人だった。そのくせ、俺が新発売の方を買うと一口せがんできて、結局それにハマったりもしていた。

「メロンの方、一口ちょうだいね」

「やだよ、飲みたいなら自分で買いなよ」

「えー、だって、それで美味しくなかったら損じゃん？」

　とぼけながら、一口あげるとその美味しさに感激して「やっぱ全部交換しよ！」と言い出すのを俺は知っていた。そんな彼女の気まぐれも、愛おしくて仕方がなかった。

　八百メートルとか絶対嘘だろ、なんて文句を言いながら缶の入った袋をがさがさと鳴らして十五分歩いた先に俺たちを迎えてくれたのは、公園というよりは森林という呼び方がよく似合うような、それでいて子供の頃のワクワクが蘇ってくるような、そんな空間だった。街灯は等間隔で設置されているのに、一つ一つの光はあまりにも弱く、五メートル先の足元すら照らさない。俺は朱里の存在を確かめるように、より強く手のひらを握る。

　公園の敷地内は、騒がしい街とはうってかわって別世界のように感じられた。足を踏み入れた途端、異世界に飛ばされたようだった。陽射しは背の高い木々が遮って、さっきまでの蒸し暑さもいつの間にかどこかへ姿を隠していた。

そのまま歩き続けていると突然視界が開けて、ゆうに二百平方メートルはありそうな芝生の広場と、市に管理されている公衆トイレ、そして奥に巨大な噴水広場が姿を現した。

「なんで今までこの場所に気づかなかったんだろ」

高まる気持ちを落ち着かせようと木製のベンチに腰を下ろす。朱里は今すぐにでも駆け出したい素振りを隠そうともせず、噴水の方を指さして、爛々《らんらん》と輝く目で「行っていい？」と訴えかけた。俺は頷いて彼女を見守る。

朱里は大理石でできた噴水の段差を器用に上った。自然と俺を見下ろすような形になって、段差の上を綱渡りするみたいにバランスをとって歩く。


目の前のその景色は、客席から見た小さな劇場の舞台のようにも思えた。


小学生の頃、俺は緊張すると同級生と目を合わせられなくなるくらいの極度の人見知りだった。授業で手を挙げることももちろん出来なければ仲の良い友達と呼べるような人もほとんどいなくて、毎日いかに人と会話をしないで済むか、ということばかりを考えていた。

転機が訪れたのは、小六の秋に行われたクラスごとの学芸会だった。当然のように俺は台詞のほとんどないモブ役をやるのかと思いきや、「これを機に蓮くんも変わろう！」という担任の気遣いという名のお節介を受けて、何故か準主役級の役を務めることになっていた。

　絶対無理だ。本気で役を変えてもらおうと考えながら、壇上から台本を片手に台詞を吐いてみたとき、身体中を今までに感じたことのない衝撃が走った。

　ただの練習で、しかも観客はクラスメイトだったけれど、不思議と一人一人の顔がよく見えた。台詞を吐きながらも緊張感はなくて、演じているのではなく、自分が誰かの器に自然と収まっている、そんな感覚でクラスメイトを見下ろしていた。爽快だった。練習の後、何人かのクラスメイトが「蓮くん、そんなにすらすら喋れるの知らなかった！　なんかプロみたいだったよ」と話しかけてくれて、俺は初めて眼を逸らすことなくクラスメイトを見た。

　芝居は、頼りない自分を、自分じゃない何者かにしてくれた。当時の自分にとって、何かを演じることによって何者かになり切ることが出来る、というのは新しい発見だった。大袈裟だけど、俺の人生はあの日を境に劇的に変わった。

　それから本格的に芝居に興味を持ち、そうするのが運命だったかのように役者になることを夢見て生きてきた。高校では当然のように演劇部に入った。大学でも演劇学を学びながら、数々のオーディションを受けてきた。そして、映像学の講義で、朱里と出会った。役者を志す中で彼女と出会えたのは、運命的だと思えた。

だけど、気合いが入れば入るほどオーディションに合格しなくなっていった。俺は演劇に携わりたいとは思いながら、もしも実力がないとはっきり突き付けられたら、素直に諦めるつもりだった。素直に一般企業に就職して、趣味程度で演劇を嗜《たしな》みながら、朱里と二人で生きていこう。そう思っていた。

前日、オーディションの合格通知がメールで届いていた。自分の中で、これが最後だと位置付けていたオーディションだった。

まだ夢を追いかけられると、安心している自分がいた。

「あのさ」

缶を雑に置いて立ち上がる。

「俺、演劇のサークル入ってたじゃん？」

彼女は頷いて、くるくると大理石の上を回り続ける。

「ずっと伝えようか迷ってたんだけど、実は、本気で役者目指したいなと思ってて。フリーターって形になるから生活は安定しないと思うけど、バイト続けながらなんとかやってくからさ、これからも一緒にいてほしいっていうか」

おそるおそる彼女に近付いていく。

「迷惑かけることも沢山あると思うんだけど、隣で支えてくれないかな」

迷っていた夢を、俺は初めて言葉にした。

「……当たり前じゃん！」

鬱蒼《うっそう》とした森の雰囲気をすべて吹き飛ばしてしまうような勢いで、朱里は言う。

「役者とか芝居とか、私は正直よく分かんないよ。でも、蓮がいつも真剣に向き合ってたのは隣にいて分かってたし、正直そこまで打ち込めるものがあるって、すごく羨ましいし」

彼女は、そうするのが当然であるかのように、俺の全てを肯定した。一つ一つの言葉がすっと細胞に染み込んで、奥深くまで痺れさせる。

「私、蓮なら役者になれるって本気で思ってるけど、別になれなくてもいいの。でもね、一つだけ約束して」

声のする方を見た。もう俺は、演技なんてしなくても大切な人の眼を見つめることができる。

「どんなことがあっても、辛いことがあっても。ずっと一緒にいてね」

そう言って、朱里はへへと笑った。

鼻の奥がツンとなって、彼女の頬にあるえくぼが滲んで見えて、居ても立っても居られず俺は噴水に飛び込んだ。Ｔシャツも短パンもパンツも髪の毛も一瞬で濡れて、ポリエステルの生地がピチッと体に張り付いたけど、気持ち悪さはなくて、むしろ清々《すがすが》しくすらあった。

朱里はびしょ濡れになった俺を見ながらお腹を抱えて笑っていた。「馬鹿だねー」なんて言いながら、間もなく俺の隣で水しぶきをあげる。彼女の髪の毛はまるで換毛期の犬みたいにぐしゃぐしゃになっていた。見上げると、馬鹿な俺たちを掬《すく》い上げてくれるような漆黒がどこまでも広がっていた。

今思い返してみると、朱里も泣きそうになったのを誤魔化すために、噴水に飛び込んできたのかもしれない。そうだったらいいなと思う。

二人でそのままにしていると、何日か振りの雨が降った。俺たちは天気までをも味方にして、雨の中をずぶ濡れのまま朱里の家まで歩いた。

雨が降っているのに、既に濡れてしまっていた俺たちは急ごうともせず、さっきまでの余韻を噛み締めるように歩いた。途中、すれ違ったスーツ姿のサラリーマンにギョッとした目で見られて、小雨にしては全身が濡れすぎてるもんな、なんて顔を見合わせて、その状況にまた噴き出した。帰りは迷うことなく彼女の家にたどり着くことができた。

俺たちはこれからも支え合っていけると思っていた。俺は役者として成功することで彼女への恩返しをするんだと、信じて疑わなかった。

二人だけの夜は、ずっと終わらないと思っていた。

○

物語の一番の見せ場を終えて、一度舞台袖にハケる。時折観客の笑い声が届いてきて、悪くない反応に胸を撫で下ろした。既に緊張は汗に溶け込んで、四肢の筋肉も丁度いい具合にほぐれてきている。

袖に置いておいたタオルでおでこの汗を拭う。ライトの下は、いつでも真夏の太陽に照らされているかのようにじりじりと熱い。どんなに動きの少ない演目でも、衣装の下は嘘みたいに汗だくになる。芝居は観客を前にする以前に自分との体力勝負なんだと、改めて思い知らされる。

俺は息を整えながら、ピンスポットライトに照らされた先輩を眺めた。身体ごと貫いてくるような光の反射が眩しくて、思わず目を背ける。先輩の迷いのない演技が、いきいきとした動きが、問いかけてくる。

これからも、俺は芝居を続けるべきなのか？

空調から送り出される風はたしかに身体を捉えているのに、衣装の下から滲み出す汗が止まらない。物語はもう中盤に差し掛かっていて、俺は自分の出番を待ちながら入りのタイミングを見計らう。

芝居をするのが好きだった。心待ちにしてくれている観客からの視線も、役に没入していく感覚も、時には台詞を噛んで死ぬほど悔しい思いをするのも。全てひっくるめて好きだった。そのためならどんなにハードな稽古だって乗り越えられると思った。

でも、好きという気持ちだけでは、この業界を生き抜いていくことは難しい。好きという気持ち以上に、何がなんでもこの業界にしがみついてやるという意地が求められるのだと、今になってようやく分かった。

きっと、それが致命的に俺には足りていなかった。何がなんでもこの業界に順応しようという情熱はもう尽きてしまっていて、これが最後の舞台なのかもしれないという諦めに近い予感が背筋を蠢《うごめ》いている。

そうだとしても、最後まで役者でいたい。大好きな芝居を、小学生の頃から追いかけてきたものを、やりきりたい。こぶしを強く握ると、全身の血が一点に集まってくる感覚がある。俺はスポットライトを目掛けて袖から飛び出す。

ただ、ひとつだけ。未練があるとすれば、最後の芝居を、朱里に見せたかった。

○

レンタルスタジオの床はいつでもひんやりとして冷たい。ストレッチしようと寝そべると、床に触れたももの裏が驚いて一瞬飛び上がる。気にせず上半身をぐぐと前に傾けていくと、膝裏の筋肉が伸びて悲鳴を上げ始めた。稽古期間はほぼ毎日ストレッチをすることになるから、日に日に身体が柔らかくなっていくのがよく分かって楽しい。

「蓮、最近彼女とどうなのよ」

ふっと甘いバニラの香りが鼻をついて、遅れて透き通った声が届いた。優実《ゆうみ》さんだった。

「そりゃあ、最高に可愛いですよ。相変わらず」

俺は腕のストレッチをしながらにべもなく返す。

「まーたすぐそうやって惚気て。わたしはずっと独り身なのになあ！」

優実さんのボブが自慢げに揺れて、俺は「いや、そっちが聞いたんじゃないですか」と目を合わせずに答える。彼女は隣で悠々と脚を百八十度に広げていて、俺も彼女のストレッチを真似ようとしてみたけれど、途中で股関節《こかんせつ》が痛くなって断念した。それを見て、優実さんはまた口を大きく開けて笑う。

役者になりたい。

立場は違えど、同じ目標を持った人たちが集まるその場所は居心地がよかった。異なる境遇の中、皆心の奥底には似通った目標を秘めていて、その熱がふとしたタイミングでひしひしと伝わってくる。

「でもあれだねー、あと二週間で本番って、あっという間って感じしない？」

優実さんがすらりと伸びた脚を曲げたり伸ばしたりしながら呟いた。思わず逸らすようにした視線の先にはカレンダーがあって、書かれた『本番まであと〇日』の文字を見ると、ワクワクする気持ちよりも複雑な感情が重しのように引っかかって、上手く言葉が出てこない。

公園で役者を目指すことを朱里に伝えてから、俺は初めて本格的な稽古に臨んでいた。合格したのは、下北沢《しもきたざわ》の小劇場で行われる、出演者もそう多くない小さな舞台だった。だけど、未だに俺は舞台に出ることを朱里には告げられずにいた。それどころか、あの輝いていた合格通知も、もしかしたら手放すべきものだったんじゃないかとすら感じるようになっていた。

チケットバック制。狭苦しいレンタルスタジオで初めてその名前とシステムを耳にしたときは、背筋がゾワとするような感覚があった。

チケットを捌《さば》けた分の、その三十パーセントがギャラとして懐に入る。いたってシンプルに思えるそのシステムは、いざその立場に立つと想像を絶するほど苦しいものだった。

初めて友人に『舞台に出るんだけど、よければチケット買ってくれないかな』とメッセージを送ったとき、俺はまるでマルチ商法をしているかのような気分に陥った。昔仲の良かった友人から久しぶりに連絡が来たかと思えば、その内容が芝居の宣伝。相手の心情は容易に想像できた。買ってもらえても、買ってもらえなくても、ただただ心苦しかった。『行けないけど頑張ってな』なんて返信してくれる優しい友人がいても、その心のうちでどう思われているかは分かったものじゃない。

優しくて耳当たりの良い言葉は、汚い本音の裏返しだ。……皆、心の中では俺のことを見下してんだろうな、とも思う。

「稽古やるってー」

優実さんに声をかけられて、ストレッチの型を崩した。筋肉がちょうどよくほぐれて、運動に適した熱を持っている。

でも、心が上手くついていけていない。

知り合いに声をかけてでも捌かないといけないチケット。俺の役者としての実力を全く疑うことのない朱里。この舞台を無事終えたとき、いったい俺は何が得られるんだろう。

蓮なら役者になれるって本気で思ってる。

悩んでいると、いつだって朱里の透き通った声が頭の中で響く。

そうだ、俺は何をしてでも、朱里の期待に応えなければならない。

稽古漬けの日々は初めて吸ったタバコみたいに苦く、現実を知るには充分すぎる長さだった。小田急線沿いにあるレンタルスタジオに、多いときは週に五回集まって、夕方から終電間際まで指導を受けた。

稽古している間はまだよかった。芝居に打ち込んでいる時間は何も考えないで済む。どんな芝居をすれば観客にメッセージを届けられるのか、自分の演技に足りないものは何なのか、そのことだけに没頭していられる。

稽古が終わると、途端に見たくもない現実を突き付けられた。稽古の日当なんてもちろん出ないし、スタジオまでの交通費だって支給されない。チケット代さえ自分で捌く必要があるのだから、それはよくよく考えれば当たり前のことで、分かりやすく生活が苦しくなった俺は週五で深夜バイトを入れた。

稽古の帰り道、すっかり暗くなった空を見上げていると、レンタルスタジオまでの交通費の片道三百四十円が両肩に重くのしかかる。上演を間近に控えて稽古を詰めている期間はアルバイトをする時間さえなくて、ワンコインにも満たない交通費が何よりも憎く思えて、そんなものに苦しめられる自分がどうしようもなく情けなかった。

俺の頭の中には常に金のことがあったように思う。稽古の行き帰りに電車に揺られている時間も、深夜のコンビニで突っ立っているときも、時間が取れて朱里とご飯に行けたときも、消え行く貯金額が頭の中を占めていた。将来役者になるためにいま経験を積んでいるんだ、と自分に言い聞かせてみても、一度こびりついてしまった不安は簡単には取れそうになかった。

そして、何よりも、朱里に相談できないのが辛かった。

オーディションは受かったんだけど、チケットが捌ききれなくてさ。よかったら買ってほしいんだよね。

そう伝えられたら楽だった。だけど、役者の夢を叶えると伝えた手前、冗談でもそんな言葉を吐けるわけがなかった。彼女だけには、俺の将来を疑って欲しくなかった。

芹ヶ谷公園の芝生で朱里と俺は並んで寝転がる。初めてこの公園を訪れた日から、彼女に役者を目指すと伝えた日から、五ヶ月が経っていた。あれから、二人の立ち位置は全く違うものになってしまっていた。

朱里の就活を祝うために買ったアルコールの缶がコンビニの袋のなかで踊る。俺は、言葉を選び間違えないように台詞を吐く。

「っていうか伝えるの忘れてた、合格おめでとさん」

自分が上手く祝う態度を取れているか心配になる。今、しっかり笑えていただろうか。自然に喋れているだろうか。二月の終わりだというのに、焦りの詰まった汗が背中に滲む。

朱里の就職活動は、聞く限りかなり順調に進んでいるようだった。詳しいことは知らされていないけれど、彼女は就活解禁日を前にして、既に何社か一次面接を通過していると話した。

今日はこのまま、朱里の話だけしていたいと思った。俺の話なんてしたくない。

そんな願いは叶わない。

「蓮の方は最近どうなの？」

朱里の不意の問いかけに、心臓が直接ノックされたようにどくんと波打った。朱里から向けられた視線とどこか責めるような口調から逃げるように、意味もなく空を見上げる。真っ黒い空は、けっして俺を救ってはくれない。

「……あー、前の舞台のやつはだめだった。相変わらずオーディションは受けてんだけどね。舞台中心にみてるけど、やっぱ受かるかは微妙」

本当はオーディションに受かっていたけれど、これは二人のための嘘なんだ、だから仕方ないんだ、と自分に言い聞かせる。だけど、こうやって現実を誤魔化し続けていると、俺はいつの日か、何の感情も持たずに朱里に平気で嘘をつけてしまうような予感もしていた。

「受かるよ、受かる。断言する。一番近くで蓮が努力してるの見てる私が言うんだから、絶対に大丈夫。落ちても、審査員のセンスが無いだけ。そんなの、気にしなくていい」

朱里は寝そべったまま、舞台に出るためにコンビニバイトで得た金を注ぎ込もうとしている俺を懸命に励ました。絶対にオーディションに受かるから大丈夫なのだと、自分のことのように熱弁した。

……朱里に俺の何が分かるんだろう。業界の不文律も、チケットを捌けていないことも、金がなくて苦しいことも、俺が今嘘をついたことも、何も知らないくせに。

彼女の放つ言葉の持つ意味を、俺はもう真正面から受け取ることができなくなっていた。

朱里が「受かったら、絶対またここでお祝いしよ」と口にして、白い靄が宙を舞った。その靄は目には見えない重圧となって、喉元を強く締め付け続ける。朱里にとっての理想の俺と、コンビニバイトでなんとか食い繋いでいる現実の俺。そのギャップは、もう言い訳できないほどに広がっていた。

生活が苦しいままだった俺は、少ない役者仲間に紹介してもらってボーイズバーの仕事を始めた。反対されることは目に見えていたから、朱里にはあえて伝えなかった。深夜のコンビニバイトをやっていたお陰で、朱里に特別疑われるようなこともなかった。

ボーイズバーは夜の十時から朝五時までのシフト制で、とにかく時間の融通が利いた。日払いで、それもコンビニバイトと比べて破格の給料を貰えるというのは、当時の俺にとっては土下座したくなるくらいありがたいことだった。

夜の仕事は想像している以上に難しかった。おしぼりの向きだとか夜職特有のマナーを学ぶ必要があるのはもちろん、客に指名されるための優れた「何か」を持っていなければならなかった。圧倒的に卓越した話術があるとか、圧倒的に優れた容姿を持っているとか、プライドを捨てて笑ってもらえるピエロを演じることができるとか。なにか自分なりの武器がなければ生き残れなくて、それはどこか役者の世界にも似ていた。

俺はその誇れる何かを持っていなかったから、とにかくプライドを捨てた。客に飲めと言われたら吐くまで飲んだし、アフターに誘われれば作り笑顔で付いていった。何者かになり切ることには慣れていたから、夜の人間として振る舞うのもそこまで苦ではなかった。

　稽古、ボーイズバー、朱里。俺は、その狭い世界の中で生きるほかなかった。昼間は稽古に励む。チケットを買ってくれる人を探す。そんな簡単に見つかるはずもなく、ギャラも大して稼げない。友人からも返信は来ない。生活が苦しくて、夜中はボーイズバーで女の相手をする。朱里との時間は消え失《う》せていく。アフターをする。得たお金は生活費で消える。

　気付けば、自分がなんで役者を目指しているのかも、自分が何者なのかも曖昧《あいまい》になっていた。ボーイズバーも、役者になる夢も、芹ヶ谷公園で交わした約束も、舞台の上演も、朱里の存在も。何もかもが、億劫になり出していた。

「おつかれさまー！」

　ビールを一気に飲み干した優実さんの唇が妖《あや》しく光を放った。それがやけに艶《なま》めかしくて、反射的に目を逸らす。逸らした先にあったメニューには、見たことのないおつまみの面々がどっしりとした字体で構えている。

　優実さんが誘ってくれた居酒屋は、駅前から不自然に離れたところにひっそりと佇んでいて、まだ日付を跨《また》いでいないのに、店内は常連と思われる客が数人いる程度だった。

「ごめんね？　飲み付き合ってもらっちゃって」

言いながら、優実さんは店主を呼び出す。ポテトサラダと、もつ煮と、メヒカリの天ぷら、くださーい。

店主が厨房へ去っていったのを確認して、優実さんの目を見つめる。

「優実さんって、このまま役者目指し続けてていいのかなーとか、思ったことないですか？」

優実さんは、「そういう話はもっと酔ってからだよー！」と言って、笑いながら俺の肩をつつく。


結局、俺は初めての舞台に出ることを朱里に最後まで伝えることなくその公演を終えていた。小劇場での舞台は大きな失敗なく無事に終わったものの、チケットを捌ききることは最後までできなかった。この道でやっていける、と確信できるほどのギャラも入ってこず、二ヶ月間稽古に本気で打ち込んだ結果得られたのは、夜職用のおしぼりの特殊な畳み方と、このまま役者を目指し続けていていいのだろうか？　という本格的な焦りだった。

「……真面目な話しよっか。正直、私はこのままでいいのかなってすっごい思うよ。周りの目も痛いし。仲良かった友達ですら、段々と距離ができてるなあって感じるもん。ま、壁作ってるのはこっちなのかもしれないけどね」

　彼女はメヒカリのてんぷらに箸をつけた。サク、と身の弾ける音が聞こえて俺も箸を伸ばす。

「だってさ、わたしたちが必死でアルバイトしながら舞台に出続けても、周りの人からしたらいい歳して定職にも就かずプラプラ遊んでるって思われるわけじゃん？　自分で分かって選んだ道だけどさ、やっぱしんどいよね」

　優実さんの話が、胸の中で重く反響する。常連客の騒がしい声が、意味を持たない記号として耳をすり抜けた。

　そんなことは考えたくもないけれど、もしかしたら朱里も、実は俺のことを見下していたり、遊んでいるだけだって思っていたりするんだろうか。

「あの、俺彼女いるじゃないですか」

「うん、言ってたね。かわいい彼女っていつも惚気てくるもんね？」

　優美さんが茶化してくるのを無視する。

「最近、彼女とうまくいってなくて。応援してくれてるはずなのに、それをプレッシャーに感じちゃうというか。本当の意味で辛さを分かってもらえない気がする、というか。そもそも最近は稽古やらバイトやらで、あんま会えてなくて」

　アルコールの匂いと一緒に、胸の奥につかえていたものが吐き出される。朱里に相談できないことも、不思議と優実さんには話せる気がした。優実さんは爪が綺麗に整えられた人差し指で、トントンと木製のテーブルを叩く。

「所詮《しょせん》ねー、わたしたちの辛さなんて分かってもらえないんだよ。でも、それって仕方ないことじゃない？　彼女のことだってよく知らないけど、たぶん学生でしょ？　近いうちに就職するんだろうし、就職したらしたで立場はまた変わるし。どうしたって、私たちとは根本から分かり合えないよ。皆それぞれがそれぞれの地獄を抱えてるんだろうけど、でもその辛さは結局は自分にしか分からないんだから」

　いつの間にかぬるくなったビールのジョッキの持ち手が水滴で濡れていた。ぶうんと換気扇の回る音がやけに耳につく。目を合わせたら戻れなくなりそうな優実さんの瞳を、俺は見ないようにする。

「わたしも社会人の彼氏いたけどね、そろそろ遊んでないで就職しなよーって言われて、カッとなって別れちゃった。わたし、本気で目指してるって話してたつもりなのに、全く伝わってなかったんだなって」

　……蓮の方は最近どうなの？

　芹ヶ谷公園の、朱里の困ったような表情が脳裏で揺れる。

　きっとあれは、そういうことだったのかもしれない。あの言葉の裏にはきっと、いつまでも夢ばかり追いかけてないで現実を見てくれっていう本音が、隠れていたんだ。

「やっぱり、おんなじ境遇の人と一緒にいる方が楽なんだよね、結局」

優実さんと目が合った。今にも溶けだしそうな茶色い瞳に、ふっと吸い込まれそうになる。

「……わたしにしとけば？」

ぷんと一瞬香った匂いは、バニラアイスのように甘ったるい。

きっと最初から、俺と朱里は上手くいかない運命だったのかもしれない。

夜にすっぽりと覆われた街を優実さんと歩きながら、浮気ってどこからなんだろう、と俺はふわふわと酔った頭で考える。恋人が嫌がることをすれば浮気なんだろうか。恋人にバレなければ、それは浮気にならないんだろうか。もしかしたら、「これは浮気だろうか」と考えてしまった時点で、誰かに言い訳しようとしている時点で、それは紛れもなく浮気なのかもしれないな、と思った。

優実さんの隣にいるとどうしようもない現実から目を逸らすことができるような気がした。チケットが売れなかった。舞台を終えても残るものはなかった。朱里からの無言のプレッシャー。そんな現実を、一瞬でも忘れることができた。

優実さんに手を引かれて、俺は為されるがまま歩く。夜の空は俺を救ってはくれないけれど、汚れた行為を暗闇で隠してくれた。迷路のような住宅街をすり抜けると、ネオンの集まるホテル街が出迎えてくれる。何ヶ所か消えている古びた電飾に、光に寄せられる蛾のように、優実さんと俺は誘われた。

ラブホテルのロビーは、真夜中なのに不自然に明るかった。優実さんは手慣れたようにパネルの中から部屋を選んで、俺は後ろでその様子をぼうっと眺める。選ばれたのはあざといピンク色に塗《まみ》れた部屋で、朱里ならこんな部屋は選ばないだろうなと、俺はどこか他人事のように思った。

そうして、優実さんと身体を重ねた。優実さんの身体からはタバコのメンソールと甘い香水の混ざったような匂いがして、それに何故か無性に安心して、ラブホテルのキングサイズベッドで俺は泥のように眠った。

次の日、俺は就活から帰ってきたスーツ姿の朱里を駅で迎え、胃の奥でざらつく罪悪感を消し去ろうと、お揃いの服を買おうと提案した。朱里は俺の金の心配をしてくれていたけれど、ボーイズバーで働いていたお陰でほんの少し余裕があったから、そんな心配はもういらなかった。

この頃にはもう、俺は朱里に嘘をつくことに痛みを感じなくなっていた。

俺と優実さんは、時間を見付けては顔を合わせるようになった。オーディションを受ける合間を縫っては、彼女を下北沢の自宅に招いた。優実さんのアドバイスのお陰で、オーディションに受かることも増えた。それに合わせて、朱里と会う回数は格段に減っていった。朱里には、稽古とバイトが忙しいのだと伝えた。優実さんとの逢瀬《おうせ》がバレる心配よりも、現実から目を逸らすことのできる安心感のほうがずっと勝っていた。

彼女は、俺がいくら稽古の愚痴を吐いても、理不尽な業界の慣わしを嘆いても、「わたしも分かるよ」と、俺の存在を肯定してくれた。優実さんが落ち込んでいるときはすすんで俺が慰めた。同じ境遇で傷を舐《な》め合える人がいるというのは、大切な人と辛い思いをしながら夢を追いかけるよりも、ずっとずっと楽だった。

でも、そうやって人を騙し続けられる訳がない。

長い間朱里に連絡をしなかった後、何も告げずに彼女は姿を消した。ラインも、連絡先も、そしてあの街からも、存在自体無くなってしまっていた。

人は無くしてからその大切さに気付く。というよりも、人は無くしてからじゃないとその大切さに気付けない。一度は自分にとってなによりも大切なんだと自覚したはずのそれを、平気で忘れて、平気で手放す。手のひらから零れ落ちた砂の粒を全く同じようにひとつぶひとつぶ掬い上げることが不可能なように、一度手放した大切なものが自分のもとに戻ってくることはない。

もし戻ってきたとしたら、それは手放す前と似通っただけの、全く違う何かだ。

彼女がいなくなってからの日々は、いきなり水中に沈められたような苦しい毎日だった。散々彼女の連絡を無視して、優実さんの下へ逃げ込んでいたくせに、いざ彼女が姿を消したとなると、俺はその現実を受け入れられなかった。

ストーカーという言葉が生ぬるく感じられるくらいに俺は朱里の痕跡《こんせき》を探し続けた。彼女の住んでいたアパートの部屋も訪ねた。何回インターホンを鳴らしても返事はなくて、電話をかけても、着信拒否されてしまったのか、機械音が虚《むな》しく響くだけだった。もしかしたら、あそこにいるかもしれない。藁《わら》にもすがる思いで、俺はある場所へ一人向かった。

彼女に夢を伝えて、また一緒に来ようと約束した芹ヶ谷公園。

階段の先にある噴水広場に、たしかに人影はあった。目を凝らしてみると、それは朱里ではなくて、全く面識のないカップルのようだった。二人は大理石に腰を下ろして、その身を寄り添い合わせていた。

彼女が公園で待ってくれているなんて、そんな都合のいい話があるわけがなかった。眼前に広がる光景は、紛れもなく俺が自ら捨ててしまったものだった。数ヶ月前、たしかに俺と朱里はそこにいたはずだった。

○

会場に雨のような拍手が遠慮なく降り注いでいる。中には席を立ってまで拍手をしてくれている客もいて、目頭が熱くなる。指の先から足のつま先にまで、終わったんだという実感がじわりじわりと染み込んでいく。

　カーテンコールに身を任せて、俺はいつもより長めにお辞儀をする。衣装が揺れると汗がぽたぽたと落ちて、木目調の床に染みを作った。

　ついに最終日が終わった。もう、この景色を見るのも最後だ。やりきったという達成感とほんのすこしの後悔が混ざりあって、中々顔を上げることができない。

　今回の公演が、朱里と会うことができる最後のチャンスだった。朱里が姿を消した後、俺は彼女の家に舞台のチケットを送った。だけど、姿が見えなかったということは、もう顔も合わせたくないということなんだろう。

　顔を上げて袖に戻る。観客の手を叩く音が、夏の終わりの向日葵《ひまわり》のように萎《しぼ》んでいく。残響が、責めるように耳の奥でしつこくこびり付いている。


　楽屋に戻ると、先輩たちが談笑していた。俺は「お疲れ様です」とだけ声をかけて、近くにあった座椅子に腰をおろす。太ももの筋肉から、疲労と、ようやく本番が終わったという安堵と、達成感とがじわりじわりと身体全体へ広がっていく。

「蓮おつかれさま。そろそろバラシやるってさ」

　タオルを肩にかけて先輩が立ち上がって、俺は衣装を脱げる部分だけ脱いで、先輩の背中を追う。

　舞台の上に戻ると、照明と音声の人がちょうどバラシに取り掛かっているところだった。さっきまで自分が立っていた場所なのに、観客がいないと全く違う場所のように感じられるのが不思議に思える。

「今日、打ち上げいくよな？」

先輩が小道具で使った木材を寄越《よこ》してくる。俺はそれを丁寧に紐《ひも》で縛って梱包《こんぽう》する。

「めっちゃ行きたいんですけど、ちょっと迷ってて」

「まじでー？　この後色々話したいことあったんだけどな。ほんとにキツいの？」

先輩はてきぱきと舞台を解体していく。その手際の良さは、早く打ち上げがしたいからのようにも感じられる。

「今日はやっぱすみません。でも飲みたいんで、今度また俺から誘わせてください」

先輩はビニールパイプを運びながら「おう、待ってるからな。絶対だぞ」と笑った。いい先輩だな、と思う。芝居をやめようとしていることはバレていないみたいで、安心する。

　バラシが終わって、ロッカーに入れていたリュックサックを背負う。先輩と演出家の方に挨拶をしてから外に出ると、嫌味なほど綺麗な月が空に浮かんでいた。

「すみません！」

　え？

　声のする方を見ると黒縁の眼鏡をかけたスーツの女性がいて、咄嗟のことに喉の奥から変な声が出た。

「いきなりごめんなさい。五十嵐《いがらし》蓮さん、ですよね？　私、フリーで翻訳兼舞台演出をしている、小《お》川《がわ》葉月と言います」

　そう言って、丁寧に名刺を差し出す。肌触りの良い紙には、堅苦しいフォントで翻訳・舞台演出家という文字が浮かんでいる。

「実は、前々から五十嵐さんの芝居を個人的に追わせていただいてまして。是非やってほしい役があり、失礼ながら、この度は声をかけさせていただきました」

　ずっと待っていた言葉に、どくんと心臓が脈打つ。


　一つだけ約束して。どんなことがあっても、辛いことがあっても。ずっと一緒にいてね。


　いや、もう、やめよう。

　大切なものを守ろうとして、空回りした。大切な人と会話することからも逃げた。結局約束も守れずに、一番大切にしなくてはならない人を傷付けた。

　俺みたいな人間は、もう大切なものと関わらない方がいい。

「すみません。お話は嬉しいんですけど、実はもう役者をやめようと思っていて」

　いざ言葉にすると、肩の力が抜けていく感覚があった。もう今日で終わりだ。彼女との約束を守れなかった自分に、役者を目指す資格も気力もない。

「……そうだったんですか」

風船がしぼんでいくみたいに、小川さんは呟いた。俺はなんて返すのが正解なのか分からず、間を気まずい空気が通り抜ける。

「私は五十嵐さんの演技に心から惚れ込んでいます。名刺は渡しておくので、もし心変わりするようなことがあれば、遠慮なく連絡してください」

綺麗なお辞儀を残して、小川葉月と名乗る女性は夜の街に溶けていった。その背中を見送りながらその名前を検索すると、いくつか有名な舞台とその名前がセットで出てきて、正真正銘、役者としてのオファーなんだと確信する。きっと、ギャラだってきちんと出るやつなんだろうな、と思う。

ようやく本当の意味で、芝居が認められた。

俺、オファーされたよ。

そう伝えたい人は、もう隣にいない。


小田急線の改札を抜けると、間もなく喧騒に巻き込まれる。俺の住む街は、深夜でも音が途切れることはない。若者たちはまるで夜は一生明けないんだと言わんばかりに、スケートボードに乗ったり、タバコを咥《くわ》えたりしていた。俺はそれを見ながら、たぶん羨ましそうな顔をしている。

朱里が姿を消した後、俺はすぐに優実さんの連絡先を消した。自宅に呼ぶこともやめた。そうすれば朱里が戻ってきてくれるかもしれないと根拠もなく思ったけれど、そんなのは幻想だった。優実さんからもしつこく執着されるようなこともなかったし、きっと、俺みたいな相手の男は別にもいるんだろう。

古着屋の連なる商店街を抜ける。十二時を過ぎてもまだまだ人は多くて、お揃いのグレーのトレーナーを身にまとったカップルとすれ違って、思わず目を逸らした。結局朱里とは最後までお揃いの服を着ることはできなかったな、なんて被害者ぶる自分がいて情けなくなる。そうやって言い訳を重ねて自分を守る癖は、簡単には変えられそうにない。

コンビニで買った缶ビールを飲みながら三階建てのアパートの階段を上りきると、玄関の前に実家からの仕送りのような段ボールが二箱置いてあった。宅急便かと思いよく観察してみると、俺の家の宛先だけ書いてある。

なんか頼んだっけな。両手で抱えようとすると、想像以上の重さが腕の皮膚にめりこんだ。持っていくのがあまりにも面倒で、諦めて部屋に入ってベッドに飛び込む。今日は、もう頭も身体も使いたくない。

寝転んでいると、無意識にベッドの左側に寄っていたことに気付いた。不自然に空いた右のスペースは、朱里がすっぽりと収まる特等席だった。彼女のいないベッドはやけに広く感じられて、とにかく気持ちが悪い。寝つける気がしなくてコンビニの袋から2缶目を取り出した。

シュポン、というゲームの通知音で意識を引き戻された。4時12分。

もう何本飲んだのかも覚えていない。机の上に雑多に置かれたアルコールの缶は、さっき飲んでいたものといつ飲んだのかすら記憶にないものとが紛れている。机にはものを置くスペースすらない。

気分がすぐれない。頭が内側からガンガンとハンマーで叩かれているように痛んだ。その痛みは、酒だけのせいではないような気もする。

なんでもいいから喉を潤そうと、寝そべりながら右腕をできる限り伸ばしていちばん近くの缶の中身を体に流し込んだ。想定していた炭酸の爽快感は全く感じられずに、ただ生ぬるいビール特有の苦味だけが残る。口の中の不快感をどうにかして消し去りたい。そういえば、冷蔵庫にコンビニで買った百円もしない安い水が入っているはずだ。

取りに行こうか逡巡《しゅんじゅん》して、それすらも面倒で再度布団に潜り込んだ。やることなすこと全てが、面倒で仕方ない。冷蔵庫に水を取りに行くのも、そのために立ち上がるのも、こうやって意味のない思考を巡らすのも、何もかもが面倒だ。

朱里の応援を、プレッシャーだと感じるようになったのはいつからだろうか。朱里の言葉を、ひねくれて捉えるようになったのは、朱里を裏切ることに抵抗が無くなったのは、朱里の眼をまともに見られなくなったのは、逃げることでしか自分の居場所を見つけられなくなったのは、いつからだったんだろうか。

いくら考えたところで手放したものは戻らないと分かっているのに、眠れないときはずっと同じことを考える。朱里の部屋が愛おしくて仕方ない。二人の荷物が溢れていた、あの狭苦しい部屋に戻りたい。

……荷物？

ガンガンと痛む頭を押さえながら、ドアの鍵を開けて、おそるおそる段ボールを揺らした。中からはガチャガチャと金属とガラスのぶつかり合うような音がして、少し慎重に運ぶ。ようやく運び込むと、汚い部屋の中を二箱の段ボールが占めた。

戸棚にハサミがあったはずだけど、取りに行くのはなんとなく億劫で、二重に貼られたガムテープを親指の爪で破いてみる。

……やっぱり。

段ボールの隙間から、懐かしい面々が顔を覗かせていた。ウイイレのソフト。昔好んで着ていたTシャツ。エメラルドグリーンの液体が満たす、コカレロの大きな瓶。全て、朱里の部屋に置いていたものだ。

段ボールの中から、懐かしい匂いが香る。以前吸っていたタバコ。朱里と撮ったスナップ写真。一足だけの靴下。百均で買った野球ボール。嫌がらせかよ。思わず笑ってしまう。

あと、なんだろう、これ。

段ボールの一番下の隅に、封筒が隠されていた。俺は丁寧に取り出して、破けてしまわないように封を開ける。

『蓮へ
大好きだったよ。でもね、浮気してたのも全部分かってた。直接別れ話なんてしたらまた縋っちゃいそうだったから、手紙にした。一応家にあった荷物は全部送っておくから、確認しておいて。
最後に一つだけ。私と別れても、芝居だけは絶対に続けてね。役者、絶対になれるから。私が見たくなくても、テレビ付けたら目にしちゃうくらい、有名になって。
これが私との最後の約束。今度こそ、絶対に守って。』

少し癖のある文字を、時間をかけて読む。ひとつひとつの文字が、俺に魔法をかける。気付けばカーテンの隙間から朝焼けが溢れてきていて、それがなんだか懐かしく感じられて、最後の文字がぽつりと滲んだ。

彼女の言葉は、重圧なんかじゃなかった。呪いなんかでもなかった。誰よりも俺を応援してくれた人の、特別な魔法だった。

机の上に転がっていたアルコールの缶を全て退《ど》けて、そこに手紙を置く。いつでも見ることが出来るように、真ん中に、丁寧に置いておく。

俺は既にぐしゃぐしゃにしてしまった名刺をジーンズのポケットから取り出して、丁寧に広げる。小川葉月という名前と電話番号が、かろうじて読める。スマホの液晶に、電話番号を打ち込んでいく。

役者、絶対になれるから。

後悔しても、もう遅いけれど。手放したものは、もう戻ってはこないけれど。
最後に朱里がかけてくれたこの魔法だけは、何があっても手放さない。

ノンフィクション

「あのさー、この営業成績じゃあどうにもならないよ」

また始まったよ、と思った。自分のことを言われているわけじゃなくても、所長のねっとりとした声が聞こえてくると俺は両耳を塞ぎたくなる。

「お前さー、営業はじめて何年目だっけ？　頭使えないなら足使うとか、足使えないなら死ぬ気でやるとか、やり方は色々あるって分かんだろ？」

薄汚れたキーボードを叩くと、一定の反動が指先に伝わる。

「そんなんだから、ゆとりゆとりってバカにされるんだよ」

そういうあんたは昭和だろ。二つ前の年号がここまで似合う人はほかにいないといつも思う。所長は俺たちが揶揄《やゆ》する意味で使う「昭和」というワードですらもおそらく誇りに思うタイプで、昭和とはそういう人たちの意地とプライドで作り上げられた年代なのだと、俺は思うようにしている。

「……すみません。はい。今後は気を付けます」

ターゲットにされた増山さんは、反発する素振りも見せずに白い壁の前でただうなだれる。俺を含む他の社員はその光景が視界に入っていないかのように、報告書にメモをしたり意味もなくキーボードを叩いたりする。会話はない。

所長があらゆる難癖をつけて、増山さんがひたすら謝る。初めて対峙《たいじ》したときはあまりにも不平等だと思ったこの構図も、もう見慣れてしまった。

会社のイメージカラーを模した薄緑色のカーテンの隙間から、すっかり更けてしまった夜の空が零れ出してきている。この風景にも、慣れた。魔窟《まくつ》とも呼ばれるここ八王子営業所で、所長よりも早く帰り支度ができる社員なんて存在しない。

所長が今すぐにでもその席を立って車のキーを手に取ることを期待しつつ、俺はパソコンの陰でスマホのロックを素早く開く。親指の先で打ち込む四桁の暗証番号は、かれこれ七年付き合ってきた彼女の誕生日だ。

『ごめん。今日も遅くなりそう。先に寝てていいから』

有咲の既読を待たずに、そっとスマホを胸ポケットに忍ばせる。最近は、彼女と交わした会話すらよく思い出せない。

地面に吐き捨てられたガムみたいにねちっこい所長の声をＢＧＭのように聞き流しながら、今週回った営業先のデータをまとめる。月末が迫っているというのに見込みの欄は真っ白いままで、焦る。足は使っているはずなのに、結果がまったくついてこない。営業成績だけでいえば、増山さんの場所にいるべきなのはきっと俺なんだろう。

「あー、とりあえずお前もういいよ。こうやって話してすぐ変わるとも思えんけどさあ、明日からはほんと頼むよ？　な？」

すみませんでした、と増山さんが返して俺の対面の席に戻る。お通夜みたいな静かな空間で、椅子を引く音が小さく反響した。

明日まわる予定の営業先をエクセルでリスト化しながら、ちらと視界の端で盗み見る。所長は取引先の社名がでかでかと入ったうちわをぱたぱたと扇ぎながらキャスター付きの椅子にふんぞり返っていて、俺の小さい希望は打ち砕かれた。

あーあ、今日も長くなるな。

会社に遅くまで残っていることを良しとする所長の価値観は、簡単にはアップデートされそうにない。

うちの会社では、本社で三ヶ月間にわたる研修を終えた後、「二年目までは現場で経験を積ませる」という名目のもと新入社員は半ば放り出されるように全国の営業所に配属される。南は沖縄から北は北海道まで、場所の希望は一応は聞かれるものの、それが叶う人はほとんどいない。新入社員はどこに行くのか分からない状況のなか、どこから仕入れてきたかも分からない噂を繰り広げた。

「八王子営業所はパワハラが酷《ひど》いらしい」「マジ？　でもさ、営業成績は全国でもトップだってよ」「いやそれは土地柄いいお客さんが多いってだけだろ」「たしかにな、あそこで結果出した人は皆出世するって聞いたし」「いやむりむり、俺そんなプライベートを捨ててまで出世したくねえよ」

新卒の俺たちは好き放題言うことができていた。皆、面白半分だった。

そして配属決定の日、八王子営業所に選ばれたのは俺だった。結論から言えば、噂はそのどれもが大きくは間違っていなかったし、そのどれもがどこか的外れのようにも思えた。

八王子営業所は、一言で言えばワンマン所長の存在で成り立っていた。新規の機械納入案件数は全国でもトップレベルだったし、たしかに営業所としての成績は圧倒的に秀でていた。

その代わり、やり方が最悪だった。

気に入らない人間は、わざと他の社員の前で晒す。ナイフで心臓を抉《えぐ》るように、鋭く言葉を突き立てる。時には耳を疑ってしまうような内容もあった。

それによって会社を退職する人までいたけれど、「数字が取れているから」という理由で本社はその事実をさほど問題視していないようだった。そもそもこの営業所で起こっていることが、本社へ伝わっているかさえも怪しかった。

たしかに、結果は出ていたと思う。だけど、その陰で潰れていく人もたしかにいた。

配属されて一週間後に目に飛び込んだその現実は、俺に醜い決意をさせた。

「おいまことお、今日久々に一杯行くかあ」

ねちょっとした声が飛んできて、反射的に俺はその方向を見る。所長がクイと杯を傾ける仕草をしながらニヤニヤしていた。

今日も、か。本心を喉の奥底に押し込んで、俺は今日一番の笑みを顔面に貼り付けている。

営業所という名のひとつの運命共同体で上手くやっていくには、二つ方法があると思う。ひとつは、誰にも文句を言わせないくらい圧倒的な数字を取ること。

そして、もうひとつは、その運命共同体の中で、最も権力を持つ人に気に入られること、だ。

「是非ご一緒させてください！　所長、よかったら俺、良さそうな居酒屋予約しておきますね！」

胸元でスマホが微かに震えていたけど、俺はそれに気付かないふりをした。

○

所長と飲むとき、俺はいつも個室か半個室の居酒屋を選ぶようにしている。暖簾が上半身を隠してくれるような、誰からも素顔が見られない場所。知り合いが居合わせたとしても、俺がいるってバレない場所。その方が自分にとっては都合がいい。

「誠なあ、お前も二年目なんだからそろそろ結果出さないと。このままじゃ増山みたいになっちまうぞ？」

所長は焼き鳥を串《くし》から外さずにそのまま食べる。営業所にいるときから赤かった頬が、日本酒のせいかますます赤みを帯びている。

「おっしゃる通りです。自分、まだまだ結果出せてないので、こうやって所長と話せる機会作ってもらえるのは本当にありがたいんですよ！」

自分でも驚くくらい流暢に台詞が流れ出てきて、思わず笑いそうになった。俺はもうこの人の喜ぶツボが分かってしまっている。

「そうかあ？　まあな、その心意気は偉い。若いのに肝が据わってるし、俺に付いてくれば問題ないからな」

所長は気持ちよさそうにおちょこを口につけてずずっとすする。テーブルにコッと置かれたおちょこが空になっているのを確かめて、俺は間を空けずに日本酒を注ぐ。所長の一番好きな日本酒、大信州《だいしんしゅう》。なみなみと注がれたそれは、ぷわんと独特な匂いを放つ。

「ありがとうございます。所長にそう言ってもらえるのが、何よりも光栄です！」

肝が据わっている人は、ただ媚《こ》びを売るためだけにこんな場所に来ないだろう。そう思うけど口には出さない。

……これが俺の仕事なんだと、最近は思うようにしている。所長の好みを知ること、所長の背中に付いていくこと、そして所長に気に入られること。いくら若手と呼ばれる立場であれ、営業成績の悪い俺が生き残る方法はこれしかない。

　所長に一言断って、お手洗いへ向かう。所長と飲むときは時々こうやって理由をつけて逃げ出さないと心が持たない。個室に入って便座に腰を下ろすと、下半身を中心に広がる温かさが自分を受け入れてくれたような気さえしてくる。

　あまり長いこと入っていると色々言われそうだと思いつつも、癖でなんとなくインスタを開く。沖縄旅行の報告。漫画アプリの広告。美容師の教えるセンターパートの作り方動画。出会い系アプリの広告。流し読みしていた中に一際目を惹く投稿があって、指を止める。

【実は、この度入籍しました。

　これからも変わらず仲良くしてください！】

　え？　マジで？

　そこには、高校の頃同じクラスだった友人の入籍報告が眩しく輝いていた。投稿された写真には二つの指輪が並んでいて、「この度入籍しました」という控えめな報告の下には、いくつものお祝いメッセージが並んでいる。俺もそこの列に並ぼうとして、やめた。

　どんな感情なのか、自分でもよく分からない。置いていかれたような、自分だけが同じ場所で藻掻いているような感覚がむずむずと皮膚の下を這い回っている。仕方なく液晶を二回押すと、大きなハートが点滅して、ほっと息を吐いた。気持ちが伴っていないときでも二回タップさえすればいいねとして相手に届けてくれるこのシステムは、今の俺にとってこの上なくありがたい。ありがたくて、情けない。

「いいかあ？　俺らが若手だった頃なんてなあ、毎日零時を回ってから家に帰るなんて当たり前だったんだ。それこそ会社に寝泊まりすることだって平気であった。それがなあ、今の奴は定時になればすぐ帰ろうとする。増山とかもそれだ。俺はそれが気に入らん。そんなんで営業成績が上がるわけがねえんだから」

　席に戻ると、所長の持論がアルコール臭を放った。内容が正しいとか、実際にタメになるのかは分からない。とにかく俺はあかべこのように首を縦に振りながら、時折「はい！」「勉強になります！」なんて耳当たりの良さそうな相槌を織り交ぜる。

　オレンジ色の洒落《しゃれ》た電球がテーブルを照らす。テーブルの上で冷めてしまったもつ煮と乾き切った枝豆がだらしなく放置されている。所長はいかに若い頃が大変だったかを語るのに夢中になっている。

　俺が、俺に囁く。これが、お前のやりたかったことなのか？　その問いかけがずっと耳の奥深くでぐじゅぐじゅと蠢いている。

　どんな形であろうが生き残った方が勝ちなんだ、と自分に言い聞かせる。やりたい事とかやり甲斐なんて抽象的な理想は、社会じゃなんの役にも立たない。所長の前でいくら本音を吐いて反抗したって、潰されるのがオチだ。

でも、こんな俺にもちっぽけなプライドがまだ残っているのかもしれない、と思う。

ちょうど顔が隠れるように合わせて設置された、焦げ茶色の暖簾が揺らめく。

俺だって、こんな情けない姿は、できることなら誰にも見られたくないんだ。

○

日付を跨いだ後の玄関のドアは誰かに押さえ付けられているかのように重たい。自分の全体重を乗せるようにして一気に引くと、金属の隙間から明かりが漏れだしてくる。

「ただいま」と控えめに声を出すと、居間から「おかえりぃ」と細い声が返ってきた。

居間の椅子に座る有咲は既にメイクを落としているようだった。寝る直前だったんだろう、パジャマを着て髪を後ろで束ねて、日中は滅多にしない黒縁の眼鏡をかけている。ぴかぴかに磨かれたガラスのテーブルには、一冊の文庫本とコンタクトケースが置かれている。

「今日も遅くなった、連絡できなくてごめん」

「全然大丈夫だよ。それより誠、まだお腹空《す》いてる？」

自分の体に聞いてみると、お腹の音が勢いよく返事をした。居酒屋から帰った後って、なんでこんなに腹が減るんだろう。

「あー、ちょっと空いたわ」

俺が言うなり、有咲は冷蔵庫からラップをかけた皿を取り出した。平たい丸皿に、パスタが丁寧に盛り付けられている。

「めっちゃ美味そうじゃん。せっかく作ってもらってるのに、すぐ食べれなくてほんといつもごめん」

そんなこと気にしないでよ、と言いながら彼女は皿ごと温め直す。

有咲も俺も、一般企業に勤めて今年で二年目を迎えた。一年目のときにはそれなりにあった二人で過ごせた自由な時間も、最近は俺の残業という名の飲み会のせいでほとんど取れなくなっている。

「今日もまた、飲みの付き合いがあって」

彼女がほかほかに温められた丸皿をテーブルに置く。熱い水滴のついたラップを摘《つま》むと、カルボナーラの卵の匂いがぷんと広がって胃を刺激した。

「まあ言っても、所長の機嫌を取るだけなんだけどね。ほら前も話したじゃん？　ハラスメントはすごいんだけど、とりあえずよいしょしてればご機嫌になるから扱いやすいし。俺もこれで給料もらってるわけで、文句なんて言えないよな」

有咲は頬を手のひらの上に乗せて、俺の言い訳じみた話に頷いた。俺はフォークにカルボナーラを巻き付けてから一切れのベーコンを刺して、一気に口に運ぶ。

うんま。味の濃い卵のソースが、お酒を飲んだ後の胃にダイレクトに染み渡った。有咲と付き合って数年が経つけれど、付き合った当時のことを考えたら料理の腕は相当上達している。

「疲れてない？　誠が元気でいてくれたら、あたしはそれでいいんだからね。本当に、無理はしないで」

　テーブルを挟んだ向こうからするすると細長い腕が伸びてきて、子供扱いするみたいに俺の髪を撫でた。俺は抵抗することなくカルボナーラを口に運び続ける。ふと見上げると、ＩＫＥＡで買った壁掛け時計の短針がちょうどⅡの辺りを指していた。

　有咲に触れられると、彼女の柔らかい肌に触れると、俺たちは恋人なんだということをしみじみと実感する。この感覚は、付き合い出して数年経った今も、そしてこれから先も、ずっと変わることはないんだろうなと思う。きっと俺はいつまでも、家に帰れば彼女がいるという現実を奇跡のように感じるんだろう。

　そんな奇跡のような時間も、最近は仕事に忙殺されてしまっているんだけれど。

「有咲も明日は起きるの早いよね？　俺これ食べたらシャワー浴びるから、眠かったら先寝てていいから」

「……わかった。誠も、早く寝るんだよ」

　どこか諭すように言ってから、彼女はスリッパをぱたぱたいわせて寝室へと向かった。俺は残りのパスタを胃袋に詰め込んでから、ソースのついた皿をシンクに持っていく。

スポンジに洗剤をふりおとして何回か絞ると、泡がみるみるうちに大きくなった。有咲が料理を作ってくれて、その後片付けを俺がする。これも、彼女と同棲《どうせい》を始めてから続けてきた大切なルールだ。

そういえば、さっきなにか言いたげな顔をしてたな。皿を洗いながら、有咲の困ったような表情を思い出した。話を聞いてあげたかったけれど、正直疲労が限界で見て見ぬふりをしてしまった。今だって、凝り固まった腰の筋肉が悲鳴を上げ続けている。

今日はとりあえず寝て、明日ゆっくり聞いてあげればいいだろう。キュッと皿が鳴るのを確かめてから洗面所へ向かう。二つ並んだうちの青色の歯ブラシを手に取って、歯磨き粉を探した。

あれ？　俺こんなとこ置いたっけかな？　リノベーションが施された広めの洗面台に、スマホが液晶を下にして置かれていた。俺たちは同じスマホと透明なカバーを使っているけれど、唯一挟んでいるものだけが違っていた。目の前の透明なカバーにはプリクラが入っていて、大学に通っていた頃の二人がこちらを見ながらピースしている。このスマホは有咲の方だ。

俺は右手に歯ブラシ、左手にスマホを持って、彼女を呼ぼうとした。すると、手のひらの温度に反応したのか、側面の電源ボタンを押していないのに液晶が勝手に光を放った。

わざと見た訳じゃない。何らかの意図や目的を持って画面を見たわけじゃない。

傷一つない液晶画面に、懐かしいけど、妬ましくて、思い出したくない名前が表示されていた。

【田中 唯人からメッセージが届きました】

○

カーナビのマップの白い矢印が目的地に着いたことを示す。視線を前に移すと、フロントガラスを通して横に広がる巨大な工場が目に飛び込んできた。パッと見ただけでもかなり敷地面積がありそうだ。

機械の更新時期を狙えば、もしかしたら前向きな反応が貰えるかもしれない。こういう大きな会社は一度に機械を入れ替える時期があるから、上手く取り込めさえすれば後で数字を取るのはかなり楽になる。

Ｅじゃなければ。

金属を加工する機械を売るうちの会社の取引先は、ランクがＡからＥまで区分けされる。Ａは、会社がまだ大きくなかった頃からうちの機械を納入してくれていて、これからも半永久的に機械を買ってくれる見込みのある会社群。ここに顔を出すと、にこやかにお茶を出してもらえたり、「ま、座ってよ」なんて言われて小一時間世間話をしたりするなんてこともある。

Ａ、Ｂ、Ｃ、Ｄ、Ｅ。アルファベットの歌を歌うようにローマ字の階段を下りていくと、営業社員の中でも「行かない方がいいのＥだ」と揶揄されているように、取引先相手の態度は分かりやすく硬化する。

中でも最下層のＥは、うちと競合する他社の機械を納入している会社群だった。訪問しても大抵は良い顔はされないし、話を突っぱねられることも少なくない。自分の利になる人には優しく、それ以外には徹底的に排他的。日本の悪いところを凝縮したような場所だ。

一瞬会社の敷地内に入っていくのを躊躇したけれど、Ｕターンできずに駐車場の手前の整地された芝生に車を停めた。工場から視線を逸らすように助手席を見ると、白紙の報告書が寂しそうに置かれている。

一応訪問したことにして、このまま帰ったら駄目か？　いや駄目に決まっているけれど、今まで自分をこの会社に繋ぎ止めていた何かが、ここ最近は分かりやすく揺らぎ出している。

ふと、視界の端でゆらゆらと人の影が動いた。遠目に、紺青色の作業服が工場を出入りしている様子が見える。

足を使うんだよ、足を。Eを開拓してかねえと成績は伸びないんだぞ、分かってんのか。

所長の声が耳元で聞こえたような気がして、反射的にシートベルトを外す。カチャリ、と銃口を向けられたような音が鳴った。

真夏の外は、クーラーをガンガンに付けた涼しい車内とは完全に別世界だ。ドアに手をかけてぐっと押した瞬間、日差しが隙間から零れてくる。陽の光が肌に触れるやいなや、体内で汗が生成されていくのが分かる。

後部座席に常備している社用ヘルメットを手に取って、伸びる影のもとを目指す。こういうときは、決して迷ったらいけない。

「お世話になります、ベータ機械の者です！　いまって社長さんはいらっしゃいますか？」

よれた作業服が振り返る。ところどころに白髪が交じっている。

「社長つったら俺だけど、なんか用なの？」

品定めするような、それでいて興味は一ミリもないというふうな視線に、やっぱりやめておけばよかったと即座に思う。どんなにポジティブな人でも、この状況を歓迎されていると捉えはしないだろう。

「いや、いま機械でお困り事ないかなと、聞いてまわってまして！」

「見たら分かんねえかなあ？　うち別の会社さんの機械で間に合ってるし、今忙しいんだよ」

暑いときに出るものとはまた違う焦りを含んだ汗が、背中を滴《したた》ってワイシャツに溶ける。

「お忙しい中申し訳ございません！　良ければですが、新製品のパンフレットだけでもお渡しさせていただいてもよろしいでしょう……」

「いいから帰れって！　しつこいんだよ、あんたのとこからは死んでも納入せんわ」

遮るように言われて、頭の中が真っ白になる。準備していたはずの手札はもう残っていない。

「大変失礼いたしました！」

深くお辞儀すると、「もう来んなよ！」という声が耳に残った。誰のためでもなく自分のために、駆けるようにして車へ戻る。

ドアを開けると、噎《む》せ返るような熱気が車内から溢れ出した。乗り込むと、喉に湿気をたっぷり含んだ空気が入り込む。ヘルメットを取ると、髪がおかしな方向に固まって、かためのワックスをつけたみたいになっていた。

バックミラーを覗き込む。工場から、こちら側を睨《にら》みつける影がある。

名前も覚えていないどこかの工場の社長になじられて、営業所に帰れば所長のご機嫌を取って。

これがお前のやりたかった仕事か？　問いかけが頭の中で止むことなく響き渡る。

○

有咲が好きだと言っていたバンドの曲が、車のラジオから流れ出した。懐かしいメロディが聞こえてきても、胸は躍らない。昔はもっと単純だったのにな、と思う。あの頃は、好きな曲が耳に入れば無意識に体が動いた。今は、あの頃は良かったな、なんて哀愁を覚えるだけだ。

窓からの景色にももう慣れた。この辺り一帯は、代わり映えのない山々の松葉色と工場群のどちらかが連なるようにずっと続く。

一昨日、有咲のスマホを見てしまってから、直接問いただせないまま丸一日が経っていた。メッセージだけで有咲が浮気をしただなんて決め付けている訳ではないけれど、どこか諦めに近い感情が心の中で渦巻いているのは確かだ。

思い返してみれば、最近の俺は彼女との時間すら満足に取れていなかった。休日だって所長に声をかけられれば飲みに応じていたし、応じるほかなかったし、そうやって自分に言い訳し続けていた。時間があっても仕事の愚痴をただ零すだけで、有咲の話を聞くようなこともしていなかった。

あれ？　これ冷められても当然じゃないか？

考え出すと本当にキリがない。こうやって営業先をまわっていると、どうしても車内で暇な時間ができる。「もっと上手く営業かけられたはずだ」「無理言って社長に取り次いで貰えばよかった」なんて後悔がいつも頭の中で反芻されるけれど、今日ばかりは有咲のことが脳内を占めた。

最近は、学生時代の夢ばかり見る。

幼なじみの有咲に恋をしたのは小学六年生の頃だった。家族ぐるみで行った初詣で、手を合わせて祈る彼女の横顔を、俺は今でも覚えている。ただの幼なじみだと認識していた人に恋をするというのは、不思議な感覚で、変な高揚感があった。同時に、この感情を伝えたらもうただの友達には戻れないという焦りを子供ながらに感じてもいた。どんなアプローチを取るべきなのか分からなかった俺は、その恋心を隠し続けることで彼女の隣を死守しようと決めた。きっとその頃から、俺は本音を隠すのが他人より少し上手くなった。

有咲の幼なじみ。何よりも大切なそのポジションを守るために、いつしか俺は彼女にとって何でも話せる相談相手に変わってしまったようだった。初めは理想的にも思えたその立ち位置は、諸刃《もろは》の剣《つるぎ》だった。

たしかに、俺は他の誰よりも有咲の気持ちに寄り添うことができた。彼女も俺を一番に信頼しているようで、一切を隠すことなく、感情をぶちまけてくれた。でも、それはつまり、彼女の気持ちが自分以外に向いているという現実を、彼女の一番近くで見続けなくてはならないということだった。

　今でも思い出すと苦しくなる。有咲が特に想いを寄せていた人が、俺の高校の部活の先輩でもある唯人さんだった。

　有咲は毎日のように俺に電話をかけた。唯人さんはどんなものが好みなのか、どうすれば恋が実るのか、俺から何度も聞き出そうとした。俺はその恋が実らないことを切実に願いながら、できうる限りのアドバイスを送った。

　感情と言動が乖離《かいり》していく日々だった。彼女から電話が来たら、嬉しくて、苦しかった。来なかったら、楽だけど、たまらなく苦しかった。

　このままじゃ何も変わらないと思った俺は、彼女に気持ちを伝えた。そんな俺に触発されて、有咲も唯人さんに気持ちを伝えたようだった。最後に、失恋した二人が残った。想いがバレた俺は、懲りずにその後も有咲にアタックを続けた。そんな俺に彼女が根負けした形で、俺たちは付き合うことになった。

　有咲は、小学生の頃から変わらない笑顔を隣でずっと見せ続けてくれている。

　そう思っていた。


　ラジオから聞き飽きた情報が流れ続ける。

『向こう一週間は、晴れが続きそうです！』

語尾に音符がついたような喋り方でMCが天気を知らせた。この時期の工場と延々と降り注ぐ日差しは、これ以上なく相性が悪い。対策を怠ると平気で熱中症になることもある。

ヴ、と胸元が震えた。社用じゃない方のスマホだと、一年経てばもう瞬間的になんとなく分かる。信号に引っかかったタイミングで通知を確認すると、有咲から『今日は早く帰ってこれそう？』とメッセージが来ていた。

いやいやいや。まさか、な。そんな訳がない。

ぐるぐると渦巻く疑念は、やがて厄介な憶測に変わる。

まさか、唯人さんと浮気しているから、俺の帰る時間を気にしてるのか？

一度でも疑いの目を向けてしまえば、その他のことまで疑わしく思えてきてしまうことを、俺は知っている。

『次はエンタメです。いま巷《ちまた》で話題の若手舞台役者五十嵐蓮が、ドラマに初挑戦です！本人は、テレビの前の人が嫌でも釘付《くぎづ》けになるような芝居をしたいと意気込んでいるとのことで……』

ラジオからニュースが淡々と流れる。

信号が青に変わって、ハンドルを握り直す。いつの間にか滲んでいた手汗で、手のひらが滑る。

○

世の中はきっと拒否されることの連続だ。

入りたかった会社から平気で落とされる。好きな人に好きな人がいることを知る。観たかった映画が上映を取りやめる。仲が良いと思っていた友人の結婚をSNSで知る。拒否の度合いはそれぞれ違って、真っ向から存在を拒まれることもあれば、遠回しにやんわりと拒絶されているな、と感じることもある。共通するのは、相手はさほどそのことを気にしていないんだろうな、ということだけ。

でも、形は違えど世の中は拒否で溢れていて、皆その事実から目を逸らして生きている。何かから拒絶されるというのはすごく怖いことで、自分は必要無い存在だと烙印《らくいん》を押されないように、安心するために、何でもないような顔で必死で藻掻いている。

俺はいつだって拒否されないように精一杯生きてきたつもりだった。営業成績が伸びなければ、休日を返上して所長にゴマをすった。金銭的な理由で有咲が離れていかないように、ひたすら仕事に打ち込んできた。大切なものから拒絶されないために、生きてきたつもりだった。

その結果がこれだ。受け入れてくれない取引先。全く上がる見込みのない営業成績。プライドを捨ててでも守り抜こうとした仕事。唯人さんと密《ひそ》かに連絡を取り合っている有咲。

いま、大切にしてきた何もかもが、手のひらからこぼれ落ちようとしている。

○

焼き尽くす勢いで太陽が外をじりじりと照り付けるなか、きっと工場内はその数倍は熱い。暑いではなく、熱い。外を乾いた爽やかな暑さだとするなら、工場の中は熱気と湿気のこもったひどくむさ苦しい熱さだ。

半ばやけくそになって訪問したのは、さっき追いやられた工場の十分の一にも満たない小さな会社だった。何故かそこで俺は、作業着に交ざって曲げ工程を手伝っている。

入社してすぐに本社の機械展示場で行われた研修が頭の片隅で蘇る。硬い金属の厚板を、綺麗に九十度で曲げる方法。力を入れ過ぎても良くないし、抜きすぎても上手く角度は作れない。添えるくらいを意識すると、金属は言うことを聞いてくれる。

当時はこんな研修して営業のどこで使うんだと思っていたけれど、あの日のお陰でいま俺の腕は問題なく動いてくれている。

「わりーなあ、手伝ってもらって」

けたたましい機械音に紛れて、後方から声が届いた。機械を止めて振り向くと、ぴちっとしたワイシャツとサスペンダーを身にまとった社長が申し訳なさそうにしていて、俺は咄嗟に笑顔を返す。

「全然大丈夫ですよ！　こういうの慣れてるんで、任せてください」

営業先の区分け、E。顔を上げて工場内を見渡せば、そのことがよく分かる。競合他社の機械が所狭しと工場内を占めて、うちの機械はひとつも見当たらない。

　それでも、将来うちの顧客になる可能性のある会社を、放っておくことはできなかった。

　リストの最後にあったその工場は、訪れると一目見て明らかに人手が足りなそうな様子だった。またここで安易に営業をかけに行けば、「いま忙しいんだ」と拒絶されるだろうとも思った。

　だから俺は、腹を括《くく》った、というよりもどこか投げやりに近い気持ちで社長のもとへ駆け寄った。拒絶され続けるくらいなら、断る隙も与えなければいい。

　覚悟を決めて、「お世話になっております！　もし今お困りのことがあれば、僕が手伝います。一通りの作業はできます！」と伝える。すると、社長は驚いたような顔をして、「それじゃ、補充の人が来るまでの間だけ、お願いしてもいいかな」と、申し訳なさそうに答えた。

ゴオオコンと、工場内を機械の音が一定のリズムで響き渡る。俺は機械と同化したみたいに、右から流れてくる分厚い金属の板を機械に押し当てて決められた角度に曲げる。けっして高い技術が求められている訳ではないけれど、長時間同じ体勢でいなければいけないのは辛い。同じ動きを繰り返しているうちに、特定の筋肉に乳酸が溜まっていく感覚がある。

ガシャン。こうやって単純作業をしていると、頭の中をまたしてもあのことが占める。ゴオン。有咲は。ガシャン。唯人さんとどんな内容のやりとりをしていたのだろうか。ゴオン。流石に無警戒すぎやしないだろうか。ガシャン。俺のいない夜を見計らって、連絡を取り合っていたのか。ガシャン。今日も、これから会ったりするんだろうか。

「……にいちゃん、ごめんよ！　代わりの人来たからもう大丈夫！」

機械の音の隙間を縫って声が聞こえて、俺は現実に引き戻される。埃を被った壁かけ時計を見ると、作業を始めてから四十分が経っていた。俺のワイシャツは汗でぐしょぐしょになって、一歩進むだけで濡れたワイシャツが背中に張り付く。

社長がこっちを振り返る。

「本当に助かったよ。ちょっと休憩室で休んできな」

眩しくて顔がよく見えない。サスペンダーの光沢が、太陽の光を照り返している。

○

冷房のよく効いた部屋でセピア色のソファへ誘導される。深く座りこんだ訳でもないのに、重みで自然に腰が沈む。

壁には高そうな、サイゼで見たことのあるような絵画が飾られていた。価値なんて分からないけれど、分からないからこそ、かなりの代物なんだろうと思う。

湯のみに注がれた緑茶をすする。からからに渇ききっていた喉が潤って、全身の細胞へと運ばれていくのが分かる。ほ、と一息ついたのを見計らったように社長の声が届いた。

「今日の夕方に納品しなきゃいけん部品があったんだけど、急遽《きゅうきょ》人手が足りなくなってなあ。ベンディングで止まると全部の工程ストップしなきゃならなくなるから。ほんとに助かったよ」

ドアを閉めながら社長は笑う。俺も笑顔を作って「とんでもないです」と返した。

「昔はなあ、緊急のときは手伝ってくれる社員の子も多かったんけど、最近は少なくなってなあ。それも自分から手伝いますなんて言ってくれるやつは、ほんとにおらんのよ」

社長は高そうな羊羹《ようかん》を高級そうな小皿に載せて持ってきて「ほら、食べてや」と言う。

薄紫色の羊羹は、照明の明かりを吸収して艶やかに光る。

「にいちゃん、顔見たことあったきーするけど。前も来たことあった？」

「はい！　月に一回は顔を出させてもらってます」

「だよなあ、見たことあるもんなあ。……そうかそうか、そうやって何回も来てくれてると、こっちも悪い気はせんなあ」

　今までとは反応が明らかに違う、気がする。

「とんでもないです！　僕が勝手に訪問させてもらってるだけなので」

　社長が、向かいのソファに腰を下ろす。

「まあまあまあ、とりあえずパンフレット見せてくれよ。顔出しに来たってことは、なんか用があったってことだろ？　ベンドか？　溶接か？」

「はい！　失礼します」

　俺は、新しく開発された自社の溶接機械のパンフレットを机の上に広げる。

　営業先、E。これだけ通ってきても乗り越えられなかった高い壁が、そのてっぺんが、手の届きそうな場所にある。

「今日、にいちゃんにはお世話になったからなあ。とりあえずなにかお願いしたいのが山々なんだけど、うちの機械もまだまだ使えっから」

　申し訳なさそうにしているのを見て、俺は工場内を思い返す。たしかにまだまだ現役の機械ばかりで、更新時期は遠そうだった。

「気にしないでください！　今日は僕が勝手にやったことなので」

　そうは言ったものの、苦しい。真っ白い営業成績が脳裏に浮かんで、引いたはずの汗がまた背中に滲む。

「でも今は無理だけどな、次の更新時期きたらあんたらの会社にお願いするよ。これは約束する。今日のこともちゃんとあんたの営業所の上に話しとくから、安心してくれ」

社長の言葉に、思わず息を呑んだ。

「何回も来てくれたからな。俺も含めてさ、こういう会社やってっと、頑固になんのよ。いきなり会社きて、都合いいことばっか喋ってもの売ろうとしてくるやつばかりだから、聞く耳も持てなくなんのよ」

俺は深く頷く。そうだ、俺だって何回も営業しに来て、何回も拒絶されてきた。

「でもな、そうやって何回断っても来て、行動で示してくるやつには、どんなに頑固なやつも勝てねえんだよ。こっちも話聞いてやるかって折れちまう」

なんとなく、社長の顔を見ることができない。営業で目を合わせられないのは良くないよなあなんてぼんやりと思いつつ、目を逸らした先にある俺の革靴は、金属の粉で汚れていた。

「にいちゃん、そのままでいろよ。人から拒絶されるのを怖がってちゃ、相手も変えらんねえし、にいちゃん自身も変わらねえんだから。そりゃあ生きてたら拒否されることもある。でも、受け入れてくれる人だって絶対にいる。とにかくぶつかっていかなきゃ、何も始まんねえよ」

社長はニカッと笑って手のひらを差し出す。俺は躊躇することなく、その手を握り返した。社長の手のひらは、温かくて、分厚くて、頼もしい。

何かから拒絶されるのは、すごく怖いことだ。

でも、拒絶されるのを怖がって真実から目を逸らし続けていたら、本当に大切なものは得られない。

車を出すとき、社長は奥さんと一緒に俺を見送ってくれた。さっき握った社長の手は、大切な人を守ってきたんだなと思う。

俺にとっての、大切な人。

話さなくてはならない。

○

営業所の駐車場に車を入れようとすると、敷地は中古のプリウスたちで埋められていた。所長も含め全員が戻ってきているんだろう。時刻は六時を回っているけれど、空は不自然に明るい。

いつもより黄金色に近い夕焼けは、きっとあれだ。マジックアワー、劇的に空が色付く時間帯。この景色を、俺はいま誰よりも有咲と一緒に観たいと思った。

　入り口の銀色のドアノブを捻る。ギィ、と立て付けの悪さを示すようにドアが鳴ると同時に、所長が「待ってたぞ！」と大声を上げる。

「誠！　さっき社長さんから電話もらったぞ！　おまえ、すげえうまくやったんだってなあ」

　みると、所長の鼻がぷくと膨れている。

「はい！　……ありがたいことに、機械の更新も確約していただけました」

「おー聞いた聞いた。あそこEなのによく口説いたなあ？　俺のアドバイスのお陰か？」

　所長が、文字通りガハハと笑う。俺も笑みを浮かべようとしてみるけど、なんだかいつもみたいに上手く笑えない。

「おし！　今日は俺が出すから、早めに退勤して、みんなで飲みいくか？」

　はい、行きます。

　言おうとして、何故か言葉に詰まった。言わないと、行きますって、俺が居酒屋探しますねって、所長に早く言わないと……。

　拒絶を怖がるな。

「すみません。今日は予定あるので、お先に上がらせていただけませんか」

　決死の思いで言うと、所長は分かりやすく顔を歪める。

「お？　一件成約取れそうなだけで、そんな一丁前な態度取んの？」

皆がこちらを窺うように見ている。急にどうしたんだ、という目で見ている。

ふと、増山さんと目が合った。

きっと増山さんにも大切なものがあって、所長に嫌味を言われながら大切なものを守っているんだろう。大切なもののためなら、所長の怒声も嫌味も、屁《へ》でもないんだ。

俺が俺に、耳元で囁く。お前のやりたかったことはなんだ？

「今日はすみません。お先に失礼します！」

上着を椅子から剝いでドアを開けると、まだ空は暗くなっていなかった。所長がなにかを口にしていたけれど、今日ばかりは後ろを振り返らない。明日怒られるかもしれないけれど、ターゲットが変わるかもしれないけれど、それならそれでいい。なんで今までこうしなかったのかと、清々しい気持ちすら湧いてくる。

有咲の顔を、強く、脳裏に思い返す。

俺のやりたかったことは、有咲を笑顔にすることだ。

○

家のドアはいつもよりも軽い。おそるおそる「ただいま」と声を出すと、居間の方から有咲が驚いたように顔を出す。

「今日どうしたの？　早くない？」

俺は、いたって冷静なふうを装って、

「ちょっと、話したいことがあって」

と意を決して伝える。すると、いきなり有咲は顔をくしゃくしゃにさせて、声を出して泣き始めた。

一体どういうことなんだ、訳が分からない。彼女のもとへすぐに駆け寄って、身体を抱きしめる。ふわりと柑橘《かんきつ》系の香りが浮かんで、彼女に触れた部分が熱を持つ。

なんで泣くの？　出鼻を挫《くじ》かれて半ば混乱しながら聞くと、有咲は震える声で絞り出すように言った。

「だって、あたし、誠に振られるんでしょ」

○

「最近ずっと、誠は仕事も大変そうだったじゃん。休日もいつも外に出かけてるし。遅くに帰ってきたかと思えば、何があったかも話してくれないから。もうあたしのこと完全に冷めてるのかと思って」

有咲の綺麗な顔が涙でびしょびしょになっている。避けるように視線を移すと、いつもよりも華やかな料理がテーブルに彩られていた。

「それがずっと心配で、昨日なんか全く口も利いてくれなかったから、もうほんとにだめかと思って。……そしたらさっき、誠がいきなり話があるなんて言うから、あたし、もう振られるんだって」

彼女の涙は止まらず溢れ続ける。俺は、正直に言葉を選ぶ。

「ごめん。俺は別れるつもりなんて一切ないよ。ただ、一つだけ聞かせてほしくて」

有咲は目を擦りながら、こくりと頷く。

本音でぶつからなきゃ、何も始まらない。拒絶を怖がったらいけない。

「……唯人さんと連絡してたのはなんで？」

有咲は呆気《あっけ》に取られた顔をしたかと思えば、寝室に戻ってスマホを手に戻ってくる。

「たぶん、見てもらった方が早い、と思う」

おそるおそる受け取って、メッセージを見る。スマホを持つ手が震えてしまう。

『久しぶり、突然連絡してごめん。いきなりなんだけど、実は俺、今年の秋に結婚する予定で。後から誠にも伝えようと思ってるんだけど、今は秘密にしてもらってもいいかな？　ちょっとサプライズしたくて』

『そうなんですね、結婚おめでとうございます！　またなにか企んでるんですか……？』

『俺の結婚相手が、誠に関係ある人でね。またすぐ分かるよ』

液晶と有咲の顔を見比べる。

俺は、俺は。

「正直、唯人さんと浮気してるかもって疑ってたって言ったら、怒る？」

有咲は俺の胸の中で目尻を擦る。長いまつ毛が濡れている。頬はほんのりと赤みを帯びて、人差し指で触れるとくすぐったそうにした。

「怒らない。でも、もし不安になることがあったら、これからはちゃんと伝えてほしい」

「うん。ちゃんと、伝える」

「話も、たくさんしたい。これからはたくさん出かけたい。仕事で辛いことがあったら、隠さないで、伝えて欲しい。どんな些細な事でも、共有したい」

有咲の瞳を、じっと見つめる。紛れもなく、俺だけを信じて選んできてくれた瞳がそこにはある。

「心配させてごめん。別れるつもりだってないし、ようやく大切なものに気付けたから。有咲のことが好きだから」

「あたしも、大好き」

カーテンの隙間を有咲が指さして笑う。みると、空に黄金色がまだ拡がっている。

「有咲と見たかったんだ」と呟くと、「偶然、同じこと思ってた」と返してくれる。俺も有咲も、きっと考えることは一緒なんだ。

ふと、窓の隙間から入ってきた優しい夏風に彼女の髪がなびいた。ずっと変わらない短い髪の毛先は、眩しくて、なんだか見ていられなかった。

エピローグ

ステンドグラスに透明な光が反射して、思わず俯《うつむ》く。視界の端には、今までお世話になった人たちが見えた。両親、ハンド部の同期。誠。有咲。大学の友人。職場の先輩。今まで俺が一緒にいたいと、自分で選択してきた人間関係。

何かを選ぶということは、同時に他に存在したかもしれない可能性を切り捨てるということだ。もしかしたら他にもより良い選択肢はあったのかもしれないし、別の最高の未来だって存在したのかもしれない。そんなの、言い出せばキリがない。選ばなかったものに一生悩み苦しめられるのが人生だ。

でも、きっと大切なのは、結末じゃなくて、自分でその道を選んだのか、なんだと思う。

この選択肢が正しいのかなんてきっと誰にも分からない。後悔するのかもしれない。だけど自分で決めて選んだという証は、後で自分を助けてくれるはずだ。

俺は、選ばれなかった人生を憂うより、選んだ人生で藻掻いて生きたい。

俺は頷いて目の前の女の人の頰に触れる。白色のドレスがふわりと舞って、綺麗なまつ毛が揺れた。

目頭が熱くなるのを感じる。時が止まったような感覚があって、これからはこの人のために生きるんだと、俺はまた強く実感する。

「なんだか、照れるね」

そう言いながらはにかむ彼女の柔らかい唇に触れる。夢のような、永遠にも思える時間が経って、そして、時はまた動き出す。

「これからも末永くよろしく、朱里」

「こちらこそ、たくさん幸せにしてね、唯人」

本書はSaucy Dogの楽曲をベースに、
著者が新たな解釈で書き下ろした作品です。

装画　うた坊

装丁　岡本歌織(next door design)

メンヘラ大学生（めんへらだいがくせい）
SNSに投稿する切実な恋愛ツイートに共感の声が続出。著作にエッセイ『好きな人のよさをわかってるのは永遠に自分だけでいい』『会えない時間が愛を育むなんてウソだよいつもいつでも会いたいに決まってる』『会いたい気持ちは言葉じゃなくて行動で示せ走って来い』がある。本作が初の小説となる。

君《きみ》に選《えら》ばれたい人生《じんせい》だった

2023年９月26日　初版発行
2024年11月20日　６版発行

著者／メンヘラ大学生《だいがくせい》

発行者／山下直久

発行／株式会社KADOKAWA
〒102-8177　東京都千代田区富士見2-13-3
電話　0570-002-301（ナビダイヤル）

印刷所／旭印刷株式会社

製本所／本間製本株式会社

●お問い合わせ
https://www.kadokawa.co.jp/（「お問い合わせ」へお進みください）
※内容によっては、お答えできない場合があります。
※サポートは日本国内のみとさせていただきます。
※Japanese text only

定価はカバーに表示してあります。

ISBN 978-4-04-112765-0　C0093